KB038496

나만의 리틀 포레스트에 산다

나만의 리틀 포레스트에 산다

○

이혜림 지음

라곰

프롤로그

my little for rest

"우리 민박집 이름은 '리틀 포 레스트'로 할 거야."

"그게 무슨 뜻인데?"

남편이 물었다.

"문자 그대로 'little forest.' 작은 숲이라는 뜻이기도 하고, 'little for rest.' 휴식을 위한 작은 공간이라는 의미이기도 해. 누구든 진짜 숨을 쉴 수 있는 공간, 힘들 때면 언제든 찾아와 쉬어갈 수 있는 공간. 그런 공간을 꾸리고 싶어. 지금 여기 우리 텃밭처럼 말이야."

남편은 아무 말 없이 고개를 끄덕였다. 그는 내가 하는 말은 안중에도 없고 오직 잡초 뽑기에 열중하고 있는 듯 보였지만, 사실상 내가 하는 말이 어떤 뜻인지 누구보다 깊게 이해했을 것이다. 이 텃밭이 나에게 어떤 의미인지는, 그가 제일 잘 알 테니까.

코로나바이러스로 팔다리가 꽁꽁 묶인 사람처럼 매여서 살아가는 시간이 1년쯤 지났을 무렵, 내게는 두 팔 벌려 기지개를 켜고 자유롭게 숨을 쉴 수 있는 장소가 절실해졌다. 집 앞 작은 공원은 잠정 폐쇄되었고, 유일하게 흙을 밟을 수 있었던 학교 운동장의 출입 역시 금지된 시기였다.

자연과 연결될 수 있는 아주 작은 조각마저 잃고 나니 마음이 너절해졌다. 집에서 보내는 시간이 견딜 수 없을 만큼 답답할 때면 마스크를 끼고 나가서 도심 속 아스팔트 길을 마지못해 걸었다. 도로에 빼곡하게 줄지어 가는 자동차를 바라보며, 고개를 들면 하늘 대신 빌딩숲이 보이는 도시를 걸어 다니며, 나는 내내 생각했다.

'이건 땅이 아니야.'

그때 나만의 리틀 포레스트를 찾았다. 아직껏 개발되지 않은 시골과 도심 사이, 그 작은 틈에 끼어 있는 주말 농장을 계약했다.

5평짜리 작은 텃밭에 '리틀 포레스트'라는 이름을 지어줬다.

매일같이 땅을 밟고 흙을 만지며 상추를 심고 당근을 캤다. 내가 키운 딸기 한 알을 보석보다도 소중하게 어루만졌고, 꽃처럼 예쁘게 피어나는 배추를 난생처음 보며 감탄했다.

때로는 꽃도 피워보지 못한 채 작물이 죽기도 하고, 제때 수확하지 못해 애써 가꾼 것을 버려야 할 때도 있었지만, 직접 채소를 키워 음식을 해 먹는 단순한 생활에 곧 흠뻑 빠져들었다. 손톱 사이에 낀 흙이 좀처럼 떨어지지 않아도, 모자를 써도 피할 수 없던 강한 햇살에 콧등이 발갛게 타들어가도, 마냥 좋았다.

그곳은 나의 유일한 안식처, my little for rest였으니까.

자동차 소리에 새소리가 묻히는 도심 속에서 우리만의 작고 조용한 텃밭을 가꿔온 지도 어느덧 3년이 지났다. 서당 개도 3년이면 풍월을 읊는다는데, 우리 부부의 텃밭 경작 능력은 부끄럽게도 여전히 어디에도 내밀지 못하는 수준이다. 하지만 텃밭 덕분에 우리 삶은 아주 많이 달라졌다.

한 번도 해본 적 없는 밭일을 시도하면서 일상에서 스스로 해낼 수 있는 일이 조금씩 늘어났다. 밀가루를 반죽해서 빵을 직접 구웠고, 문구용 가위를 가지고 거울 앞에 서서 내 머리카락을 직접 잘랐으며, 세탁소에 맡기는 게 당연했던 옷 수선을 손수 하기 시작했다.

밭일이 어설픈 만큼 스스로 해보려고 시도하는 모든 일 역시 무척이나 어설펐다. 하지만 뭉근하게 사과잼을 조리고 자글자글 호박죽을 끓이는 동안 어쩐지 내 허리는 꼿꼿하게 펴졌다. 외식하는 대신 집밥을 만들어 먹고, 돈 써서 하던 일들을 내 손으로 직접 해내면서 나의 중심이 단단해졌다.

'나는 이제 나 자신을 먹여 살릴 수 있구나.'

직장에 다니며 매달 꼬박꼬박 월급을 받아도 좀처럼 느끼기 어려웠던 마음이었다. 그것은 지금 가진 것을 다 잃어도 다시 시작할 수 있을 것 같은 자신감. 아무것도 없는 땅에 가서도 어떻게든 살아낼 수 있을 것 같은 용기. 혹시나 지금보다 돈을 적게 벌게 된다 하더라도, 지금 하는 일을 다 잃게 되더라도, 그래서 의도치 않게 작은 삶을 살게 된다 하더라도, 나는 충분히 행복하게 잘 살 수 있겠다는 확신이었다. 텃밭을 가꾸며 다짐했다. 텃밭을 경작해서 내가 필요로 하는 것들을 스스로 가꿔 먹을 수 있게 된 것처럼, 앞으로 내 삶에 필요한 게 생길 때마다 나는 몸소 배우고 익히면서 야무지게 살아가야겠다고.

리틀 포레스트는 나만의 작은 실험이었다. '이렇게 살아도 될까', '이렇게 살아보고 싶어'라는 생각이 들 때 시작한 실험, 남들의 경험을 듣기보다는 내가 직접 부딪치며 하나씩 해나가는 실험이었다. 그리고 그 실험은 아직 끝나지 않았다. 나의 리틀 포레스트는 여전히 진행 중이다.

이 책이 누군가에게 또 다른 실험을 시작할 수 있는 용기가 되면 좋겠다. 뭐든 최고로 잘 해낼 필요는 없다. 시도해보려는 마음이면 충분하다. 하기만 하면, 할 수만 있다면 어떻게든 삶은 흘러간다.

차례

(2 장) 애쓰지 않아도 자연스럽게

(3장) 서툴러도 스스로 서고 싶어

(4장) 소소한 기쁨을 찾는 나날

(1장)

울적한 날엔,
나만의 작은 숲으로

이름은 리틀 포레스트

시작은 리틀 포레스트였다. 김태리 배우가 시골에서 농사짓고, 막걸리 빚어 먹고, 아카시아꽃을 튀겨 먹는 자급자족 귀농 생활을 예쁘게 담은 영화, 한국판 〈리틀 포레스트〉.

어릴 적부터 사랑스러운 앞치마를 입고 빵을 굽고, 챙모자를 챙겨 쓰고 농사를 짓고, 손수 밥과 술, 간식을 만들어 먹는 생활을 남몰래 흠모해왔다. 도심 한복판에 살면서도 손수 옷을 지어 입고, 자잘하게 고장 난 물건은 직접 고치고, 넓지 않은 베란다 한편에서 방울토마토와 고추 화분을 키웠던 엄마를 보며 생긴 마음일 수도 있고, 그저 영화와 책 속에서 만난 이미지에 반해버린 것일지도 모른다.

나는 매일 몸을 움직이며 스스로 대부분의 것을 만들고 해낼 수 있는, 건강해서 예쁜 시골 생활을 동경한다(누군가는 그것을 환상이라 부른다 해도). 그리고 언젠가 그 동경하는 모습을 내 생활의 중심으로 끌어오는 날을 고대하고 있었다. 지인들을 만날 때마다 입이 닳도록 말했다.

"언젠가 시골에 내려가서 작은 집을 짓고 살 거야. 음식을 손수 만들고, 옷은 직접 지어 입고, 또 누군가 지금의 나처럼 그런 생활을 남몰래 흠모하고 있다면 우리 집에 초대해 함께 시간을 보낼 수 있는 작은 민박을 운영하고 싶어."

이미 몇 번이나 돌려 봐서 대사까지 다 외울 지경인 영화 〈리틀 포레스트〉를 다시 한번 보면서 문득 그런 생각이 들었다.

'지금 해볼까? 당장 시골에 내려가 살 수는 없지만 도시에서도 충분히 숲속에 사는 것처럼 살아볼 수 있지 않을까?'

마침 그 당시 머물던 동네가 풀과 나무를 보기 힘들고 흙을 밟는 건 상상도 할 수 없을 만큼 건물이 빼곡한 빌딩숲이라 한참 지쳐 있던 시기였다. 영화 속 김태리처럼 나도 손수 나의 텃밭을 가꿔보고 싶어졌다. 딱딱하고 차가운 시멘트 바닥 대신 따뜻한 땅을 밟고 부드러운 흙을 만지며 살 수 있다면 조금 더 행복해질 것 같았다.

'시골살이는 벌레도 많고 관리할 게 많아 힘들다던데. 게다가 텃밭을 가꾸는 건 아름다운 로망보다는 혹독한 현실 쪽이라 귀찮고 고된 일투성이라던데. 이참에 텃밭 생활이 나와 맞는지 미리 연습해보면 어떨까?'

매일 작은 노동으로 몸을 쓰고 먹을거리를 건강한 방식으로 키워 먹으며, 그렇게 조금 더 자연스럽고 건강한 삶을 만들어보자. 오랫동안 마음 한편에 조용히 꿈꿔온 자급자족을 실현해보자. 이곳에서 다양한 시행착오를 거친 뒤에 들어간 숲속의 생활은 더 달콤할지도 모른다. 아님 아예 내려가지 않기로 마음을 바꿀 수도 있고. 그렇게 결심했다. 지금 당장 텃밭을 가꿔보기로!

인터넷에 검색해보니 도시에서 텃밭을 가꿀 수 있는 방법은 생각보다 많았다. 지자체에서 관리하는 공공 텃밭이나 개인이 운영하는 주말 농장도 있고, 요즘은 아파트 관리사무소에서 운영하는 텃밭도 있다. 집에서 소소하게 베란다 텃밭을 가꾸는 사람들도 눈에 띄었다. 우리 집 근처에는 자전거 타고 15분 거리에 개인이 운영하는 주말 농장들이 꽤 많았다. 여러 번의 전화 문의 끝에 빈자리가 남은 농장 하나를 겨우 찾았다.

다음 날 남편과 주말 농장을 보러 갔다. 하얗고 작은 나무 푯말들이 수없이 꽂힌 너른 땅을 처음 마주한 그 순간, '여기다!' 싶었다. 그날 바로 사장님을 만나 텃밭 분양 계약을 마쳤다. 봄부터 가을까지, 1년간 5평의 작은 땅을 내 마음대로 경작할 수 있는 대가로 지불한 비용은 15만 원. 집으로 돌아가는 발걸음이 가벼웠다.

텃밭 이름을 정해 오면 푯말에 써주겠다는 농장 사장님 말씀에 나는 더 고민할 것도 없이 우리의 작고 귀여운 텃밭 이름을 지었다.

리틀 포레스트.

남편도 좋아했다.

0원짜리 텃밭

봄의 시작과 함께 주말 농장이 개장했다. 설레는 마음을 부여잡고 남편과 텃밭으로 향하는 길. 넓고 광활한 밭에는 각양각색 개성 있는 텃밭 이름이 적힌 푯말들이 줄지어 꽂혀 있었다.

오래 걸리지 않아 우리의 텃밭을 찾았다. 지난번에 '리틀 포레스트'라고 말씀드렸던 텃밭의 이름이 '리틀 포레스드'라고 굵은 매직펜으로 단단하게 적혀 있었다.

텃밭 이름이 어딘가 엉성하고 어설픈 것이, 아무것도 모르면서 텃밭을 가꿔보겠다고 지금 이곳에 와 있는 우리 부부의 모습과 퍽 닮아서 픽 하고 웃고 말았다. 한 글자 삐긋해버린 '리틀 포레스드'라는 이름이 어쩐지 마음에 들었다.

"자, 이제 일을 해보자고요!"

텃밭을 개장한다기에 일단 장갑과 호미를 하나씩 사 들고 오기는 했는데, 뭐부터 손을 대야 할지 머릿속이 캄캄했다. '먼저 땅을 솎아주라고 하던데……. 오늘 모종도 심는 건가?' 모를 땐 베테랑 선생님을 찾아가는 게 제일 좋다.

"사장님, 저희 사실 텃밭 가꾸는 게 처음인데, 뭐부터 해야 할까요?"

"일단 이거 기져가서 밭에 골고루 뿌리고 흙을 잘 섞어줘요."

농장 사장님이 건넨 퇴비와 비료 포대를 질질 끌고 우리 밭으로 돌아왔다. 퇴비에서는 고린 소똥과 말똥 냄새가 났고, 복합 비료는 위화감이 들 정도로 예쁜 색을 뽐내고 있었다. 모든 것이 다 처음이었다.

남편은 군대에서 삽 좀 들어본 경험으로 망설임 하나 없이 퇴비를 뜯고 살살 뿌려가며 골고루 삽질했다. 삽질하는 데 방해된다며 밭에서 나가 있으라는 남편의 말에 나는 군말 없이 비켜섰다.

생각보다 밭 크기가 너무 작은 것 같다고, 앞으로는 교대로 한 사람씩 와서 일해도 될 것 같다고 큰소리치던 우리 부부는 흙을 섞어준 뒤 잡초와 돌멩이를 고르는 시간이 시작되자 부쩍 말이 없어졌다. 쭈그려 앉아 호미로 돌멩이와 잡초를 뽑아가는데 당최 끝이 보이지 않았기 때문이다.

작다고 우습게 본 땅 크기에 아주 혼쭐이 났다. 처음 계약하던 날 사장님은 분명 개장 전에 밭을 싹 갈아엎을 테니, 우리가 할 일이라고는 그저 모종 사다가 심고 물 주며 키우는 것뿐이라 말했는데……. 허리 한 번 펴보지 못하고 흙을 매만지고서야 어쩐지 일이 이상하게 돌아간다 싶었다.

두꺼운 장갑을 꼈음에도 불구하고 막상 처음 손으로 땅을 파고 흙을 만지려니 조심스러웠다. 최대한 장갑에 흙을 묻히지 않기 위해 잡초 뿌리를 하나씩 뽑았고, 호미로 살살 판 뒤 엄지와 검지를 이용해서 돌멩이를 건져 올렸다.

하지만 끝이 없는 노동 앞에서 모두 의미 없는 짓이었다. 에라, 모르겠다 잡초를 덥석덥석 잡아 뽑아냈다. 거칠고 빠르게 호미로 땅을 파다가 흙 속으로 거침없이 장갑 낀 손을 집어넣어 딱딱한 돌멩이들을 추려 올렸다.

촉촉한 흙에 장갑은 젖어갔고 찝찝할 법도 한데 오히려 기분이 점점 좋아졌다. 삽으로 제대로 솎아지지 않아 단단하게 돌처럼 뭉쳐 있던 흙이 나의 손길로 부드러워지는 모습이 신기하면서도 뿌듯했다.

집안 살림을 꾸리듯, 이 밭을 하나씩 내 손으로 직접 매만져가고 있는 느낌. 손가락보다 굵은 지렁이가 갑작스레 등장해도 더 이상 소리 지르지 않고 조심스럽게 밭으로 다시 돌려보냈다. 벌레를 싫어하고 무서워하는 나로서는 놀라운 변화였다. 모든 일은 자연스럽게, 아주 당연하다는 듯이 일어났다.

땅을 부드럽게 솎고 다지고 나서는 쌈 채소와 대파 모종을 심었다. 3월 말에 심어도 되는 품종으로 사장님이 추천한 것들이었다. 텃밭 이웃이 나눠준 쑥갓 씨앗까지 심고 나니 이게 뭐라고, 마음이 푸근해진다.

텃밭은 그저 싫다고 손사래 치던 남편은 모종을 심자마자 그 마음이 완전히 뒤집힌 것 같다. "힘들지만 재밌다 그치. 우리 밭이 제일 잘한 것 같아! 나란히 심어 놓으니까 정말 귀엽다. 얘들아 잘 커야 된다, 다음 주에 또 올게."

그렇게 남편은 '리틀 포레스드'에 심은 첫 상추와 대파를 '아기들'이란 애칭으로 부를 만큼 상냥하고 다정한 사람이 되어 있었다.

내가 주말 농장을 시작했다고 말하니, 지인들이 힘든데 그런 걸 뭐하러 하냐고 물었다. 왔다 갔다 하는 수고비에 노동비, 모종이니 장갑이니 준비물 사고 텃밭 대여료까지 내면 남는 게 없겠다고, 그냥 사서 먹는 게 낫겠다면서.

곰곰이 따져보면 정말 그랬다. 특히 우리가 계약한 이 텃밭은 집값이 비싼 신도시 바로 옆에 위치해 있어서 그런지 다른 농장보다 사용료가 1.5~2배 비쌌다. 그래서 1년간 열심히 농사를 지어도 수지타산은 영 맞지 않을 것 같다. 키우기 쉬운 작물 말고 키워보고 싶은 작물 위주로 경작하려는 도전 정신 때문에 농사를 망칠 가능성도 아주 다분해서 수확은 없고 오히려 돈만 마이너스가 날지도 모른다.

그렇지만 내 삶의 모든 선택과 행동, 내가 보내는 시간이 내게 어떤 이익을 가져다주느냐 아니냐로 가치가 정해진다면 그건 많이 슬프지 않을까.

오늘 하루만 해도 배운 게 많았다. 표면적으로 보면 약 25개의 모종을 심었고 달랑 두 줄의 아기 파를 심은 게 전부지만, 이 작은 땅을 다지는 동안 절대 농사를 우습게 여기면 안 되겠다는 겸손함을 배웠고, 땅과 자연에 대한 책임감과 경외심이 생겼고, 그동안 무섭고 징그럽다고만 여긴 벌레에게 고마움도 느꼈다. 손으로 직접 흙을 만지며 마음이 편안해지는 경험도 했고, 몸을 움직이면서 오늘 하루치 전신 운동량까지 채운 건 덤이다.

무엇보다 우리 노후에 대한 밑그림을 그려나가기 시작한, 뭐랄까, 경험해본 적이 없어서 상상으로만 꿈꾸던 '귀촌과 시골살이'라는 프레임 속에 살짝이나마 발을 담가본 날이었다. 그 어떤 어른보다 심지가 단단하고 마인드가 당당해 보이는 '츤데레' 농장 사장님이 툭툭 내뱉는 말 한 마디 한 마디가 내게는 여운이 오래 남는 인생 명언이 되는 것도 참 귀한 경험이다.

이 모든 것은 눈에 보이지 않아 값으로는 따질 수가 없다. 굳이 따지자면 돈을 번 건 아니니 0원이겠지. 그러나 돈으로는 결코 살 수 없는 것이니 아주 비싼 것이기도 하다.

엄마는 자급자족의 달인

텃밭에서 농작물을 길러 먹기 시작한 이후로, 마트에서 채소를 사는 횟수와 비용이 현저하게 줄었다. 나의 재화와 교환되는 것 없이 오직 시간과 에너지를 들여서 먹을거리를 직접 키워 먹는다는 것은 생각보다 훨씬 가치 있고 매력적인 활동이었다.

자급자족은 귀촌하여 시골이나 숲속으로 들어가 살아야만 가능한 것이라 여겼는데, 도심 속에서도 마음만 먹으면 누구나 충분히 이룰 수 있는 일이었다. 이쯤 되니 도심 속에서 어떤 것을 스스로 더 시도해볼 수 있을까, 고민하는 시점에 이르렀다.

자급자족하며 자연과 조화를 이루는 많은 위인들의 책이 존

재한다. 『조화로운 삶』의 헬렌 니어링과 스코트 니어링을 비롯하여, 숲속에 오두막집을 짓고 지낸 『월든』의 헨리 데이비드 소로 등, 이미 세상에 알려진 이들의 책은 내게 많은 영감을 주었다. 하지만 도시에 살고 있는 지금의 내가 생활 속에서 접목시키며 응용하고 써먹을 만한 게 없다는 점이 못내 아쉽던 참이었다.

명절이 되어 친정을 방문했다. 편하게 입고 있으라고 엄마가 꺼내준 잠옷의 품과 기장이 맞춤옷처럼 내 몸에 꼭 맞아 편안했다. 특히 주방 일을 자주 하는 나는 소매 끝에 고무줄이 들어 있는 긴팔 혹은 애초에 반팔이거나 칠부인 상의를 선호하는데, 엄마가 준 잠옷은 소매를 걷지 않아도 가볍게 설거지를 할 수 있을 만큼의 길이였다. 칠부라고 하기에도 긴팔이라도 하기에도 애매했지만 나는 오히려 그 점이 매우 마음에 들었다. 같은 걸 한 벌 사고 싶어서 엄마한테 어디서 산 건지 물었다.

“그거? 그냥 시장에서 샀어. 길이는 내 몸에 맞게 직접 잘라 입으면 돼. 엄마가 해줘?”

그러고 보니 엄마 옷들은 늘 모두 엄마만의 맞춤옷인 양 엄마 몸에 꼭 맞았다. 잠옷뿐만 아니라 외출복 원피스와 바지 사이즈도 모두 엄마의 체구와 키에 맞춰 완벽하게 조화로웠다. 기성복을 구입해서 엄마의 몸에 맞게 집에서 수선해서 입기 때문이다.

생각해보니 우리 엄마야말로 자급자족의 달인이었다. 어릴 적 우리 집은 외식이 드물었다. 늘 엄마가 집에서 밥을 해서 먹였고, 간식도 모두 손수 만들어주셨다. 친구들과 놀고 있으면 따뜻하고 달콤한 도넛을 튀겨주거나 초콜릿이 듬뿍 들어 있는 컵케이크를 구워주기도 하셨다. 여름에는 오렌지 착즙 주스나 연유 녹인 우유를 얼려서 새콤하거나 달콤한 아이스바도 만들어주셨다. 어디 그뿐인가, 식빵 피자나 토르티야 피자처럼 집에서 쉽게 구할 수 있는 재료로 외식 메뉴까지 손쉽게 요리해주셨다. 뭐가 먹고 싶다고 말하면 식당에 가는 게 아니라 부엌에서 뚝딱뚝딱 만들어내는 엄마가 근사하게 느껴졌었다.

그 시절 엄마는 대부분의 살림을 직접 만들었고, 지었고, 생산해냈다. 내가 입고 싶은 옷의 디자인을 어설프게 스케치하고 원하는 색상과 원단만 고르고 나면, 얼마 안 있어 엄마가 집에서 재봉틀로 그 옷을 만들어줬다. 창문에 걸린 커튼, 테이블을 씌운 식탁보, 티브이 위에 놓인 깔개 등 모든 것이 엄마의 손끝에서 탄생했다. 자투리 천으로 주머니나 컵 받침을 만드는 건 예사였다. 한번은 공주 침대가 갖고 싶다고 하니 레이스 원단을 끊어다가 커다란 공단 리본이 달린 핑크색 캐노피를 만들어주신 적도 있었다.

베란다에는 청양 고추과 방울토마토, 상추와 치커리를 키우는 아주 작은 채소밭이 있었다. 매일 아침 동생과 베란다 문을 열고 나가 어느 토마토가 익었나 조바심을 내며 구경했다.

엄마는 나와 동생의 머리카락도 집에서 직접 잘랐고, 1년에 한두 번씩은 파마 약을 사다가 구불거리는 펌이나 쫙쫙 펴는 매직 펌도 해주셨다. 당신 머리를 손수 염색하고 파마하는 건 너무나 당연했고.

지금까지도 도심 속에서 엄마만큼 자급자족을 완전하게 가꿔 나간 사람을 보지 못했다. 어릴 적 나는 언제나 깨끗하고 단정하게 정리되어 있는 집에서 뭐든 뚝딱뚝딱 몸소 해내는 엄마의 모습을 보며 자랐다. 그런 유년 시절의 기억이 무의식 중에 내게 큰 영향을 주고 있었다.

그로부터 20년이 지난 지금, 새삼스레 엄마를 바라본다. 더 이상 딸들의 옷을 만들어주지 않고 당신의 옷을 지어 입지도 않지만, 여전히 엄마는 옷을 사면 직접 당신의 몸에 맞게 다시 수선해서 입는다.

이제 베란다에 있던 작은 텃밭은 사라졌고, 그 자리를 난초와

화초들이 대신하고 있다. 약을 사다가 집에서 스스로 하던 헤어 시술은 진작에 단골 미용실로 대체되었다. 출퇴근하기에도 바빠 집에서 음식을 만들어 먹기보다는 외식할 때가 더 많다. 누구의 탓도 아닌, 그저 세월이 흐르며 찾아온 당연한 변화. 엄마의 라이프 스타일이 바뀐 이유였다.

"이제는 나이가 들어서 그렇게 할 만한 체력도 안 되고, 귀찮아. 이제는 대충 살아."

나의 유년 시절, 엄마의 아름답고 조화로웠던 살림을 다시 한 번 더 머릿속으로 그려본다.

더 이상 에너지가 없어서 못 하겠다는 그 소중한 일들을, 이제는 내가 물려받아 이어가고 싶다. 도심 속에서 실천할 수 있는 자급자족 방법이 굉장히 제한적인 줄 알았는데, 마음만 먹으면 얼마든지 무궁무진한 방법을 따를 수 있음을 알게 됐다. 자급자족은 대단한 게 아니었다. 그저 내가 할 수 있는 일을 외부의 힘이나 서비스를 빌리지 않고 직접 내 손으로 해보는 것에서부터 시작된다.

똑 떨어진 단추를 바느질해서 한번 꿰매어보고. 그 다음엔 구멍 난 양말을 기워보고, 그 다음엔 바지의 기장을 잘라보고, 그

다음엔, 그 다음엔……. 그렇게 조금씩 조금씩 연습하다보면 내 옷을 직접 지어 입는 날도 올 테다.

천천히 조용히 도심 속에서 내가 스스로 할 수 있는 기술을 연마해나가고 싶다. 그러다보면 언젠가는 돈을 벌지 않아도 생활을 영위할 수 있을 거라는 자신감을 가질 수 있지 않을까.

"나 배고파서 왔어"

책은 두고두고 재독해도 영화는 이상하게 같은 영화를 한 번 이상 안 보게 된다. 그럼에도 이따금 생각이 나서 반복해서 보는 영화가 딱 한 편 있는데, 바로 〈리틀 포레스트〉다. 일본 원작도 좋아하고, 리메이크작인 한국판도 좋아한다.

활짝 열어둔 창문으로 들어오는 바람이 유난히 따스해서 곧 봄이 오는구나 싶어 설레던 어느 3월의 주말. 오랜만에 〈리틀 포레스트〉를 틀었다. 이미 몇 번이고 돌려 본 영화지만, 볼 때마다 새롭고 볼 때마다 아름답고 볼 때마다 짧고 담백한 대사들이 내 마음속에 콕 박힌다.

영화를 다 보고 나면 나도 극 중 김태리(혜원 역)처럼 일상을 더 잘 살아내고 싶어진다. 만물이 소생하며 생동감 넘치는 기운이 필요한 봄과 꼭 어울리는 영화다.

"잘 왔어."

오랜만에 고향 시골집에 온 혜원에게 오래된 친구는 잘 왔다고 말한다. 진심이 담긴 한 마디. 나까지 코끝이 찡해진다.

"나 배고파서 왔어."

잘 왔다는 친구의 말에 혜원은 배가 고파서 왔다고 답한다. 처음에는 그 말뜻이 와닿지 않았는데 이제는 '배고프다'는 말의 의미를 알 것도 같다. 온기라고는 없는 도시의 시린 밥상만 마주하며 살다보면 아무리 먹고 또 먹어도 마음은 허하다는 걸 어느새 나도 경험했기 때문이다.

얇은 지갑만 있으면 언제든 사 먹을 수 있는 3분 컷 컵라면과 삼각 김밥은 아무리 먹어도 허기가 진다. 외식과 배달 음식으로 하루하루를 연명하다보면 그 맛이 다 그 맛처럼 느껴지곤 한다.

그즈음 나는 텃밭을 시작했다. 텃밭에서는 농작물들이 계속 해서 자라니 시들기 전에 처리하려면(?) 계속해서 음식을 만들어 먹는 수밖에 없다. 쉴 새 없이 계속해서 내 손으로 요리하게 되니 깨달았다. 집에서 직접 조리해 먹는 음식은 아무리 엉망진창으로 만들어도 속을 꽉 채우는구나.

"온기가 있는 생명은 다 의지가 되는 법이야."

"도시에 살다보니 보이더라고. 농사가 얼마나 괜찮은 직업인지……."

내가 가꾸는 건 작은 텃밭에 불과하지만, 농사를 직접 지어 먹어보기 전까지는 환상만 품고 있었을 뿐 이해하지 못했던 대사들을 이제는 모두 마음으로 받아들이게 됐다.

오늘의 리틀 포레스트는 점점 더 내 손으로 음식을 직접 만들어 먹으려는 마음. 그리고 그것을 시간의 가치와 저울질하려는 이상한 마음을 모두 내 속에서 밀어버리고 소박한 한 끼라도 정성을 들여 만들어 먹자고 다짐했다. 요리는, 집밥은, 내가 어떻게 살아가고 있는지를 비춰주는 거울이니까.

아침부터 따뜻한 영화 한 편을 보고 난 뒤, 머리를 바짝 묶고 앞치마 끈을 조이며 주방 앞에 섰다. 산지 직송 받은 국내산 단호박으로 단호박죽을 쑤고, 친정에서 보내주셔서 냉장고를 꽉 채운 사과로 사과잼을 조렸다. 그러고 나니 하루가 다 갔다. 조리 과정이 단순해서 만들기 꽤 쉬운 호박죽과 사과잼을 왜 사람들이 사 먹는지 알 것도 같다. 간단한 조리 과정에 비해 조리 시간이 너무 길다. 아무리 생각해도 들이는 공에 비해 결과물이 적어서 억울한 기분이 들기까지 한다. 그렇지만, 그렇기 때문에, 오늘 종일 만든 호박죽과 사과잼은 더 귀한 음식이 된다. 역시나 나는 내 손으로 지어 먹는 음식들이 좋다.

나는 얼마 전 베이킹도 시작했고, 그 전까지는 당연하게 사서 먹던 것들을 집에서 직접 만들어 먹는 빈도가 잦아지면서 주방에 머무는 시간도 늘었다. 밀키트나 반찬 가게에 의지하지 않고 하나부터 열까지 손수 다듬어 만들려고 하면 한나절이 훌쩍 지나가 버린다. 예전엔 아깝다고 여겼던 시간이다.

내 몸에 들어가는 음식을 준비하고, 만들고, 먹고, 치우는 데 시간이 필요하다는 당연한 사실을 받아들이고 있다. 생활의 기본이 되는 먹을거리만 중심이 바로 서도 일상이 조금 더 단단해지는 기분이 든다. 이 단순한 사실을 잊을 때마다 나는 〈리틀 포레스트〉를 재생한다.

중고 자전거의 기쁨

우리 집에서 주말 농장까지 편도 4킬로미터. 걸어서 한 시간쯤 걸리는 거리니까 운동 삼아 걸어 다니면 좋겠다고 생각했다. 우리는 걸어서 약 800킬로미터의 산티아고 순례길과 425킬로미터의 제주 올레길도 완주한 부부니까.

텃밭 상태나 보고 올까 가볍게 산책처럼 농장에 다녀온 날, 걸어서 다니려던 그 마음을 고쳐먹어야 한다는 걸 깨달았다. 완주라는 목표를 가지고 장기간 걷는 여행과 텃밭을 가꾸려고 도심을 두 시간씩 걷는 건 마음가짐부터가 달랐다. 후자가 훨씬 더 고되게 느껴졌다.

앞으로 텃밭에서 몸 쓰며 노동해야 하는데, 두 시간씩 걸어 다니며 체력을 허비할 순 없었다. 차선으로 고민한 건 버스였는데, 노선이 많지 않아서 농장 근처를 돌아가는 광역 버스가 유일했다. 한 사람당 편도 1,800원. 두 사람 왕복 가격은 7,200원.

텃밭을 가꾸며 식비를 줄일 수 있기를 내심 바랐다. 적게 쓰는 생활에 대한 기대감에 부풀어 있는 내게 텃밭에 한 번 방문할 때마다 지출될 교통비 7,200원은 은근한 부담이었다. 매주 두세 번만 방문해도 몇만 원이 훌쩍 넘는 금액이니까.

"자전거는 어때? 앞에 바구니를 설치하면 농작물을 넣어 올 수도 있고, 뒤에 앉을 수 있는 자리만 만들면 둘이서도 충분히 타고 다닐 수 있잖아."

그날부터 동네 중고장터 플랫폼인 당근마켓에 '자전거'라는 키워드를 걸어두고 우리 부부에게 적당한 자전거가 매물로 나올 때까지 기다렸다. 너무 비싸도 안 됐고, 너무 저렴해도 안 됐다. 너무 큰 자전거도, 너무 작은 자전거도 안 되고.

그렇게 은근히 까다로운 우리 부부의 마음에 꼭 드는 자전거가 나타났다. 너무 비싸지도 않고 너무 저렴하지도 않고 너무 크지도 않고 너무 작지도 않은 적당한 자전거가 당근마켓에 등록된 날. 남편은 4킬로미터를 걸어 판매자 집 앞에 가서 자전거를 사 왔다. 판매자의 딸이 타려고 구입했던 자전거인데, 몇 번 타지도 않고 독립해 나가 살면서 몇 년째 창고에 보관만 되어 있었다고 한다.

단돈 8만 원에 구입했던 자전거는 보자마자 마음에 쏙 들었다. 기어는 없지만 가볍게 텃밭을 다니는 용으로 쓰기엔 부담이 없었고, 앞에 바구니, 뒤에 앉을 수 있는 넉넉한 자리까지 있어서 딱 우리에게 안성맞춤이었다. 소박하고 귀여웠다.

금세 자전거 생활에 푹 빠졌다. 자전거 뒷자리에 안 쓰는 두툼한 수건을 접어 폭신한 패드를 만들어 엉덩이 통증에서 벗어났고, 발판도 따로 사다가 설치했다. 동네 공원을 돌며 무료로 자전거 바퀴에 바람을 넣을 수 있는 장소를 파악한 뒤로는 더 이상 두려울 것도 없었다.

텃밭을 오가는 이동 수단으로 구입한 자전거는 점점 더 우리 일상에 없어서는 안 될 만큼 소중해졌다. 가끔 내가 외부 약속으로 귀가가 늦어 막차를 타고 동네에 도착한 날에는 남편이 자전거를 타고 지하철역으로 마중을 나와주었다. 걷기에는 멀고 버스 타기에도 애매한 위치에 있는 맛집을 발견했을 때도 주저 없이 자전거를 타고 달렸다.

유난히 날씨가 좋은 날엔 텃밭에 가려던 자전거 핸들을 돌려 탄천의 자전거 길을 따라 내려가며 드라이브했다. 자전거 덕분에 텃밭을 손쉽게 오갈 수 있게 된 것은 물론이고, 늘 도보로 동네를 오가는 반경 안에 머물던 생활권이 넓어졌고 더불어 일상이 조금 더 다채로워졌다.

평일보다 휴일의 아침이 더 분주하다. 이른 아침에 부지런히 일어나 갓 구워 따뜻한 치아바타와 밭에서 수확한 푸성귀로 샐러드를 만들어 아침 식사를 하고, 얼굴에 덕지덕지 선크림을 바른다. 강한 볕과 모기를 피하기 위해 긴 팔에 두꺼운 레깅스 복장의 '농장 룩'으로 갈아입는다. 오늘 어떤 노동을 하는지에 따라 호미나 모종삽, 비료 혹은 주머니를 챙겨 집을 나선다.

바구니에는 아이스커피를 담은 텀블러와 밀짚모자를 우겨넣고 자전거 페달을 밟는다. 도심을 세차게 내달리다보면 어느덧 탄천이 나오고 인적이 드문 오솔길이 나타난다. 내가 가장 좋아하는 구간이다.

얼마 전 앙상한 나뭇가지에 부드러운 연둣빛 새싹이 나오는 걸 발견했는데, 이번 주에는 벚꽃이 꽃망울을 터트리기 시작했다. 벚꽃이 지고 나면 아쉬워할 새도 없이 벚꽃과 바톤 터치한 아카시아꽃 향기에 취해 달릴 것이다. 그렇게 도심 속 우리의 작은 텃밭으로 떠나는 오솔길 자전거 소풍을 즐긴다.

오솔길 끝에 위치한 배나무 밭을 지나면 비로소 텃밭에 도착. 누가 먼저랄 것도 없이 밀짚모자를 깊게 눌러쓰고 쉴 틈 없이 일한다. 너무 더운 날엔 근처 편의점에서 아이스크림을 하나씩 사서 베어 물고 잠시 한숨을 돌리기도 한다.

그리고 다시 힘차게 자전거 페달을 밟는다. 먼저 배나무 밭을 지나고 그 다음엔 아카시아나무와 벚나무를 지나서, 오솔길 너머 시끌벅적 자동차 경적 소리가 들리는 우리 집으로 돌아온다. 매주 한두 번씩, 그렇게 반복되는 비슷한 루틴의 텃밭 생활이지만 언제나 즐겁다.

날씨가 좋은 날이면 으레 이 복잡한 도시를 떠나 여행을 가고 싶어 안달이 났었는데 이제는 그럴 필요가 없어졌다. 자전거를 타고 30분만 힘차게 달리면 도심 속 우리의 리틀 포레스트가 펼쳐진다. 호젓하고 아름다운 오솔길 소풍은 덤이다. 아무리 생각해도 8만 원 주고 산 자전거 뽕은 이미 다 뽑지 않았나 싶다.

그냥 해보고 싶어서

4월이 오면 본격적인 텃밭 라이프가 시작된다. 상추, 대파 등 비교적 낮은 기온에서도 잘 버텨주는 몇 가지 작물만 심어둔 황량했던 밭에 농부의 식성과 취향이 담긴 다양한 농작물들이 나타나는 시기.

어떤 밭은 쌈 채소만으로 5평짜리 밭을 꽉 채우기도 하고, 어떤 밭은 열무 씨앗을 잔뜩 뿌려서 귀여운 새싹들이 가득 나오기도 하고, 또 어떤 밭은 고추만 가득, 대파만 잔뜩. 어떤 밭은 아이들의 이름이 적힌 푯말이 사이좋게 세워져 있고 허브에 꽃 화분까지 심겨 있기도 하다. 방문할 때마다 조금씩 변하는 이웃들의 텃밭을 구경하는 재미가 꽤 쏠쏠하다.

4월에 들어서며 우리 부부도 본격적으로 농사를 시작했다. 며칠 전부터 빈 종이에 5평짜리 우리 집 텃밭 모양을 그려넣고 구획을 나누어 무얼 심을지 신중하게 고민했다.

농장 사장님과 양가 부모님의 조언도 듣고 인터넷을 검색해서 얻은 정보도 참고했지만 가장 중요한 건 우리의 의견이라고 생각했다. 남들이 많이 심는 인기 작물이 아니라 우리 부부가 심어보고 싶은 작물, 우리가 잘 먹는 농작물 위주로 키워보기로 했다. 수확해서 돈 받고 팔 것도 아니고, 농사를 업으로 삼을 것도 아니고, 그저 취미처럼 연습처럼 가볍게 시작한 텃밭인 만큼 재밌게 운영하고 싶었다.

그래서 딸기 모종을 심었다. 딸기는 여러해살이라서 올해 심으면 내년부터 과실이 많이 열린다고 하는데, 아쉽게도 우리의 텃밭 계약 기간은 1년이다. 심은 해에도 딸기가 아예 안 열리는 건 아니라고 하길래 그냥 더 깊게 고민하지 않고 일단 심기로 했다. 그저 딸기를 키워보고 싶었다.

텃밭 가는 길에 있는 종묘사에 들러 킹스베리 모종 한 개, 설향 모종 세 개를 소소하게 구입했다. 올해는 열매가 얼마 안 열릴 거라는 종묘사 사장님의 말을 듣고는 남편은 앞으로 딸기 같은 건 사서 먹는 게 훨씬 낫겠다고 말했다.

다만 나는 생각이 달랐고, 내 마음을 남편에게 넌지시 전했다.

"나는 수확량에 상관없이 그냥 내가 좋아하는 과일을 내 손으로 직접 키워 먹어보고 싶어. 그냥 해보고 싶어. 딸기는 어떤 꽃을 피우고, 어떤 모습으로 열매를 맺는지. 이 손톱보다도 작은 꽃이 달콤한 딸기로 변해가는 과정을 보면 재밌기도 하고, 그동안 딸기를 사 먹을 때와는 사뭇 다른 감정이 들 것 같아. 물론 우리는 농사를 하나도 모르니까 딸기 수확량이 적을 수도 있고, 아예 실패할 수도 있겠지. 하지만 키워보고 싶은 마음은 있는데 그저 실패할 것 같아서 아예 시도조차 안 하는 건 너무 재미없는 것 같아! 어차피 우리는 농사를 지을 줄 모르고, 모든 게 처음이니까 공부하고 연습하는 셈 치고 하고 싶은 거 다 하면서 배워가자. 이왕 자급자족 꿈꾸며 시작한 주말 농장인데 나중에 시골에 내려가서 살게 되면, 내가 제일 좋아하는 딸기는 당연히 키워 먹어야 하잖아! 연습해야지. 그리고 여보, 그래서 내가 엄청 조금만 산 거야. 나도 실패할 것 같은 예감이 들어서 말이지."

진심이었다. 그냥 해보고 싶었다. 해보고 싶다고 해서 뭐든 다

해볼 수 있는 인생도 아닌데, 지금 내 앞에 일단 할 수 있는 일은 그냥 하면서 살고 싶다.

올해 결과물 수확에 실패해도 우리 인생은 어떤 피해도 받지 않는다. 책임질 것도 없다. "실패했다!" 그리 말하고 넘기면 될 뿐인 일이다. 그러니 편안한 마음으로, 농사만큼은 특히나 더 하고 싶은 대로 자유롭게 가꿔보고 싶다.

딸기 모종은 적응한다고 하루이틀 시들했지만 금세 땅에 적응하고 뿌리를 튼튼하게 내렸다. 새하얀 꽃은 어느새 엄지손톱만 한 크기의 열매가 되었고, 딸기 크는 모습을 보느라 텃밭에 오는 날이 기다려지곤 했다.

예상했던 것보다 딸기 모종은 훨씬 잘 자라주었고, 딸기도 주렁주렁 열렸다. 모종을 심은 지 한 달쯤 지나자 알이 굵어진 딸기부터 빨갛게 물들기 시작했다.

제일 예쁘고 큰 딸기를 신중하게 골라 줄기에서 톡 떼어내어 조심스럽게 물로 씻었다. 양손으로 딸기를 잡고 큼직하게 한 입 베어 문 순간에 느낀 달달한 감동은 지금도 잊을 수가 없다. 마트에서 사다 먹은 그 어떤 딸기와도 비교할 수 없는 향긋한 딸기 향이 입안 가득 퍼졌고, 아주 달콤했다. 다 먹고 난 이후에는 코끝에 딸기 잔향이 오래도록 맴돌았다. 노지에서 자란 딸기는 맛이 없다고 들어와서 별 기대를 안 했는데, 가히 내 인생 최고로 맛있는 딸기였다.

영화 〈리틀 포레스트〉에서 혜원은 사과를 맛있게 따 먹으면서 이렇게 말한다. "서울에서 먹은 건 다 밍밍했는데." 그러자 혜원의 친구는 이렇게 답한다. "야, 그거랑 방금 밭에서 따 먹는 거랑 같냐."

딸기는 밭에서 방금 따 먹는 맛이 확실히 다르다는 것을 내게 제일 처음 알려준 과일이었다. 이후로 나는 텃밭에 갈 때마다 제일 먼저 딸기부터 살폈다. 아직 채 익지 않아 푸른 딸기를 볼 때면 빨리 먹고 싶어서 안달이 났고, 익은 채로 흙에 닿아 이미 물러버린 딸기를 보면 마음이 아팠다.

딸기는 땅과 물에 닿으면 금방 물러버린다는 걸 경험으로 배우면서 나중에는 폴대를 이용해 줄기를 세워보기도 했지만, 비가 자주 오면서부터 입으로 들어가는 딸기보다 땅으로 다시 돌려보내는 양이 더 많아졌다. 아쉽지만 그해의 딸기 수확은 그렇게 끝났다.

여름작물을 심느라 공간이 부족해지면서 더 이상 열매를 맺지 못하는 딸기 모종은 뽑아냈고, 그다음 해의 텃밭에는 남편의 반대로 딸기를 심을 수 없었다. 확실히 선배 농부들이 말하는 것처럼 딸기는 노지에서 키우기 꽤 어려운 작물이고, 들이는 품에 비해 수확이 별로인 것도 사실이었다.

그럼에도 나는 딸기 심기를 참 잘한 것 같다. 해보지 않으면 모르는 법이니까.

매년 겨울, 마트에서 딸기를 만날 때마다 내가 키워서 먹었던 딸기가 떠오른다. 어떻게 자라서 어떤 꽃이 피고 딸기가 되는지 그 모습을 알게 된 만큼 딸기가 더 맛있어졌고, 딸기를 사 먹는 돈이 아깝지 않아졌다.

언젠가 시골살이를 하게 된다면, 그래서 1년씩 계약해서 쓰는 땅 말고 진짜 내 소유의 밭이 생기면, 제일 먼저 딸기 모종을 잔뜩 심고 싶다. 텃밭 이름은 베리 머취 딸기 농장. 리틀 포레스드의 시즌 2다.

느림보 멜론을 맛보다

"여보, 멜론에서 나온 씨앗, 우리 밭에 심어보자. 올여름에는 멜론 사 먹지 말고 밭에서 따 먹는 거야!"

유난히 맛있는 멜론을 먹던 날, 남편에게 장난처럼 말했다. 말도 안 된다면서 웃어넘겼는데 가만히 보니 안 될 이유도 없다.

'정말로 이 멜론 씨앗을 심어볼까? 과연 우리 밭에서 멜론이 자랄까?' 반신반의하며 그 씨앗을 심어보기로 했다.

싱크대에 껍질과 함께 버려둔 씨앗들을 고이 거두어 깨끗하게 씻어 볕에 바싹 말렸다. 그날 밤에 호박죽을 만들면서 나온 단호박 씨앗도 씻어 말리고 함께 챙겨 두었다.

4월 중순, 어느 정도 기온이 올랐을 때 씨앗 주머니를 챙겨 들고서 텃밭으로 향했다. 자전거를 타고 텃밭으로 달려가는 거리에는 철쭉이 만개했고, 하얗고 예뻤던 배 농장 배나무의 꽃들은 다 지고 여린 잎들이 빼꼼히 모습을 드러냈다.

어느새 완연한 봄. 텃밭을 시작하고 계절의 변화에 민감해졌다. 이전에는 눈 깜짝할 새에 봄이 오고, 여름이 가고, 가을을 좀 느껴볼까 하는 새에 금방 겨울이 오는 것 같았다. 그러나 지금은 매일 조금씩 바뀌는 날씨, 온도, 습도 그리고 계절의 변화가 전보다 깊고 진하게 느껴진다.

내게 봄은 언제나 순식간에 지나가는 찰나의 계절이었는데, 지금 보니 봄이라는 계절은 생각보다 길고, 또 어느 시즌보다 다채로운 계절이었다. 딱 하루, 비가 종일 왔다고 탄천의 봄 나무와 잔디들은 더 풍성해졌고, 아파트 단지 내의 나무들도 더 싱그러워졌다. 저 멀리 보이는 산은 생동감 넘치는 연둣빛으로 옷을 갈아입었다.

아름다운 마법처럼 느껴지는 봄. 어떻게 그동안 모르고 살았을까. 아니, 왜 갑자기 이렇게 잘 보이지? 흙과 함께 자라는 생명을 키우기 시작했기 때문은 아닐까?

텃밭에 도착해 먼저 우리의 리틀 포레스드 농작물의 성장을 살폈다. 믿음직스럽게 잘 커가는 상추를 한번 쓰다듬어주고, 지난 3월에 심었던 쑥갓 씨앗이 발아하면서 모습을 드러낸 귀여운 떡잎을 응원해주고, 지치지도 않는지 며칠 새에 또 자란 잡초도 아버지 머리의 흰머리 뽑듯 열심히 솎아준다.

그리고 오늘의 미션. 적당한 곳에 터를 잡고 멜론과 단호박 씨앗을 심었다. 주어진 땅 크기에 비해 가져간 씨앗이 터무니없이 많았지만 남기지 않고 일렬로 쭈르르 가득 차도록 심었다.

인터넷에 검색해보니 집에서 발아시켜 어느 정도 키운 후에 밭에 옮겨 심는 방법을 추천하던데, 그렇게까지 하기에는 힘에 부쳐서 그냥 밭에 직접 씨앗을 심어서 키워보기로 했다. 논에 발아가 잘 될지, 혹은 성장이 제대로 이루어질지 나도 잘 모르지만 일단 밑져야 본전인데 해보는 거다.

단호박과 멜론은 처음 시작부터 성장 속도가 판이하게 달랐다. 단호박은 씨앗을 심은 지 3일 만에 발아해서 엄지손톱만 한 떡잎들이 홍해처럼 땅을 가르고 굳건하게 올라왔는데, 멜론은 조금 더 시일이 걸렸다.

단호박이 얼마나 빨리 크는지 아느냐며, 호박씨를 왜 이렇게 많이 심은 거냐며 땅 좁아서 다 못 키운다고 무조건 솎아내라고 농장 사장님한테 한 소리 들었지만. 뭐, 이런 게 초보들의 매력 아니겠는가.

정말이지 터무니없이 많은 양의 호박 씨앗을 심는 바람에 떡잎이 나오는 족족 뽑는 것도 일이었다. 호박 씨앗의 엄청난 발아율 때문에 나중에는 좀 지치기도 했지만 열심히 물을 주고 가꾼 덕에 단호박의 꽃을 피워내는 데 성공했다. 여름작물 중 성장이 가장 빨랐다.

반면에 멜론 씨앗은 발아율도 낮고, 한참 나중에 심은 다른 넝쿨 식물에 비해서도 성장이 한참 느렸다. 아픈 손가락이었다. 어차피 곧 죽을 것 같다며 지지대를 세워주지도 않았고 급기야 나중엔 거의 관심 밖의 작물이 되었다.

그러나 마지막에 결실을 맺은 건 누구보다 성장이 빨랐던 단호박이 아니라 느림보 거북이 같았던 멜론이었다. 단호박은 어느 작물보다 빠르게 꽃을 피워냈지만, 무한한 애정을 담아 남편이 가지치기를 심하게 하는 바람에 광합성을 제대로 하지 못해 열매를 맺지 못한 채 꽃이 지며 죽어버렸다.

그사이 있는 듯 없는 듯 조용히 혼자 커오던 멜론은 끝까지 잘 커서 꽃을 피우고 기어코 열매를 맺었다. 어쩌면 우리가 지나친 관심을 주지 않은 덕분인지도 몰랐다.

신기했다. 마트에서 사 먹은 멜론의 씨앗을 심었는데 싹이 트고 꽃을 피우고 열매를 맺다니! 집에서 과일 먹을 때마다 나오는 씨앗은 늘 그대로 버려지는 쓰레기와 같았는데. 버려지는 것을 땅으로 가져가자 새로운 생명을 얻었다. 이 당연한 사실이 감동으로 다가왔다.

자연의 자연스러운 순환이란 어쩌면 이런 걸지도 모르겠다. 지나친 관심은 무관심보다 못하다. 생명이 있는 건 저마다의 속도가 있으니 농부는 조급해하지 않고 그저 그들의 속도대로 기다려주기만 하면 된다는 사실을 배웠다. 어차피 생명을 키우는 건 땅과 바람, 햇살과 비가 다 해주니까.

아주 더웠던 8월 중순에는 기다렸던 멜론을 수확했다. 얼마나 맛있을지 기대에 부풀어 반으로 갈라 맛본 멜론은 완벽한 무(無)맛이었다. 멜론에서 이렇게 아무 맛도 안 날 수도 있다니……. 멜론이 후숙 과일임을 망각하고 밭에서 수확하자마자 맛을 본 게 원인이었다.

실패라면 실패인 멜론 수확이었음에도 자꾸 헤실헤실 웃음이 났다. 봄에 마트에서 사다 먹은 멜론의 씨앗으로 땅에서 열매를 키워내고 그걸 먹는 나의 모습이라니, 너무 근사한 거다. 완벽한 무맛이었지만 분명 이건 완벽한 성공이었다.

정답은 없다

5월 중순이 되면 텃밭의 작물들은 무럭무럭 자라서 지지대를 세워주어야 한다. 비가 오거나 바람이 세게 부는 날에 자칫 잘못하면 줄기가 툭 하고 부러지거나 쓰러질 수 있기 때문이다.

특히 주말 농장이라는 크기가 제한된 땅에서 농작을 하는 경우, 바로 옆에 있는 이웃 밭에 폐를 끼치지 않기 위해서 넝쿨 식물에 반드시 지지대를 세워서 옆이 아니라 위로 클 수 있도록 잡아주는 과정이 꼭 필요하다.

텃밭을 처음 시작했던 해에는 뭐 하나 쉽게 해낸 것이 없었다. 어린 시절 시골에 있는 할머니 댁에 자주 놀러 갔던 경험 덕분에 지지대를 어떻게 세우고 끈을 묶어주어야 하는지는 어깨너머로 배웠지만, 그 지지대는 당최 어디서 파는 건지, 언제 설치해주어야 하는 건지, 도통 모르는 것투성이였다. 특히 넝쿨 식물은 그냥 노는 땅에서 알아서 크는 거라고 내놓고 키우던 할머니의 밭만 봐온 터라, 넝쿨의 지지대를 설치하는 방법에 대해 몇 날 며칠 인터넷을 검색하며 공부했다.

대망의 지지대를 설치하는 날. 내 키만 한 폴대를 여러 개 챙겨서 텃밭으로 달려갔다. 폴대와 폴대 사이를 연결하여 그물처럼 만들기 위해 노끈도 챙겼다. 아무리 집에서 유튜브 영상과 블로그 글을 통해 미리 공부했어도 실제 밭에서 그물을 내 손으로 만드는 작업은 쉽지 않았다.

옆에서 보기에도 우리 부부가 많이 어설펐는지 이웃 텃밭의 아저씨가 다가와 도와주셨다. 아저씨는 이것저것 더 효율적인 방향과 방법을 조언해주다가, '지지대 세우는 것부터가 잘못됐다'며 남편이 애써 세운 지지대를 몽땅 뽑고 지지대 사이에 묶어둔 끈들을 잘라버렸다. 말릴 새도 없었다.

그 과정에서 남편은 기분이 많이 상했다. 이웃 텃밭 아저씨의 설명도 충분히 납득했고, 그 방법이 훨씬 수월하다는 것도 이해했지만, 아저씨가 당혹스러울 정도로 일방적인 태도를 보였기 때문이다. 남편은 그 과정에서 아저씨에게 장단을 맞추며 서 있던 내게도 많이 서운해했다.

결국 시간만 지체하고 텃밭에서 할 일들을 제대로 다 마치지도 못한 채 집으로 돌아왔다. 그날 밤 나는 미숙했던 나의 대처를 후회했다. 그렇게밖에 못 했던 것이 남편에게 무척 미안했다.

남편도 나도 잘 모르는 것일 뿐, 잘못한 게 아니다. 우리는 텃밭을 가꾸는 게 처음이기에 잘 모를 수 있다. 당연하다. 어디서 알음알음 배워 온다 하더라도 당연히 능숙하지 못할 수 있다. 그래서 우리의 텃밭 농사가 산으로 갈 때마다 농사를 많이 지어본 분들이 도와주는 것에 감사했고, 처음 시작할 때부터 그런 부분에서 도움을 참 많이 받아왔다.

그러나 텃밭에서 사람들을 몇 번 겪어보니, 모두 '이게 옳으니 나처럼 이렇게 하라'고 말하는 방법들이 조금씩 다 달랐다. 당연하겠지. 같은 농사를 짓더라도 저마다 경험하는 것은 모두 다 다르니까. 오이 하나를 키우더라도 각자가 수월하고 편하다고 느끼는 방법은 전부 다를 것이다. 고군분투하며 딱 봐도 초보 티가 팍팍 나는 우리에게 하나라도 더 가르쳐주고 싶은 마음도 당연할 것이고.

결국 중심을 제대로 잡아야 하는 것은 우리다. 도움은 감사히 여기고 받되, 그럼에도 우리가 생각하는 부분에서는 흔들리면 안 될 것이다. 그러면 진짜 텃밭이 산으로 가버릴 테니까. 잘되어도 우리 밭, 망해도 우리 밭. 결국 책임은 언제나 우리의 몫이다.

중심을 잘 잡자. 그리고 농작물은 땅이 알아서 키워주지만, 농부가 손을 도우면 분명 더 잘 큰다. 알아서 틈틈이 공부를 잘하자. 남들은 뭐 키우나, 뭐가 키우기 쉬우려나, 어떻게 키워야 하나 다른 사람들 텃밭을 기웃거릴 필요가 하나 없다. 다양한 조언을 받아 따라 하면서 실행해봐도, 사실 가장 만족스러울 때는 그냥 지극히 단순하게 내가 가장 원하는 작물을 심어 실패도 하고 성공도 해가면서 키울 때다.

아무리 많은 조언을 들어도, 내 시간을 들여 직접 경험하느니만 못 한 것이 꼭 우리 인생 같다.

나와 영이의 휴면 기간

일주일 만에 요가 수련을 다녀왔다. 동네 시세에 비해 비싼 돈을 주고 등록한 요가원인 만큼 반드시 결석하지 않고 3개월 내내 매일 출석하겠다 다짐했지만, 이번 달엔 출석보다는 결석을 밥 먹듯 했다. 월초에 코로나19 감염으로 2주간 못 나갔고, 간만에 하루 수련을 다녀오고 끙끙 앓는 바람에 다시 일주일을 결석했다.

오랜만에 방문한 오전의 요가원에는 모르는 얼굴들이 가득했다. 요가원이 처음 오픈했던 때부터 수줍은 얼굴로 자기소개하며 함께 수련을 시작한 J의 맞은편에 앉았다. 눈짓으로 반가운 인사를 나누다보니 어느새 수업이 시작됐다.

그런데 오늘은 어쩐지 척추를 바로 세우고 앉아 있는 것만으로도 힘이 들었다. 나의 동작은 평소보다 굳어 있었고 서툴렀다. 무엇보다 몸이 아팠다. 이게 대체 왜 안 되는지 끙끙거리며 선생님의 지시 앞에 몸을 어색하게 움직였다. 머리 위로 들어 올린 오른팔과 등 뒤로 올린 왼팔을 서로 맞잡으려고 낑낑거리는데, 선생님의 나긋한 목소리가 들려왔다.

"애쓰지 마세요. 우린 너무 애쓰고 살아요. 지금만큼은 우리 애쓰지 말아요. 안 되면 안 되는 대로. 손을 잡을 수 없다면 잡지 않은 그 상태로 멈추어 지그시 바라보세요. 천천히, 몸을 젠틀하게 대해줍시다."

요가원에 은은하게 울려 퍼지는 다정한 목소리에 나는 별안간 울컥했다. 애쓰고 있는 나 자신을 알아차린 까닭이다. 사실 요가원에 돌아오기 전, 코로나바이러스에 감염되면서 너무 아프고 힘든 시간을 보냈다. 해열제를 먹어도 며칠간 고열이 지속되었고, 배탈과 생리통이 겹치면서 먹는 약의 양이 늘었고, 급기야 위경련까지 왔는데 코로나19 감염자라는 이유로 응급실을 가지 못해서 많이 고생했다.

열흘을 그렇게 앓고 나서 괜찮아질 때쯤, 나는 빨리 회복하고 싶은 마음에 고강도 운동을 시작했다. 아파트 계단을 걸어 올라가고, 헬스장에 가서 평소보다 두 배로 근력 운동을 하고, 요가 시간에도 열심히 땀을 흘렸다. 그리고 다시 넉다운.

온몸에 기운이 쭉 빠져서 일상생활을 할 수 없었고 결국 일주일을 더 몸져누웠다. 계단 운동을 하고 온 날, 하체 근육통이 시작됐다. 헬스장에 다녀온 날엔 평소와 조금은 다른 느낌의 전신 근육통이 있었는데, 그럼에도 나는 근육통은 운동으로 풀면 된다면서 계속 몸을 움직이며 괴롭혔다.

이제 와 돌아보니 그건 운동이 아니라 학대였고, 독한 바이러스와 싸우느라 아무것도 남아 있지 않은 너절한 상태의 몸에 가하는 가혹한 고문이었다. 문득 내 몸에 미안해서, 애쓴 내가 가여워서 작은 매트 위에 앉은 채 조용히 울었다.

더 잘하려고 했을 뿐인데, 코로나19로 격리된 동안 못한 일들을 빨리 해내고 싶었을 뿐인데. 남몰래 옷깃으로 눈물을 닦아내며 선생님이 건네준 휴지를 받았다.

깊은 호흡 한 번, 두 번, 세 번. 동요된 마음을 추스르는 데에는 그리 많은 시간이 필요하지 않았다. 애쓰지 않기로 결정한 순간, 너무 힘든 내 몸을 그대로 두고 괜찮아질 때까지 힘 빼고 쉬기를 선택한 순간, 몸도 감정도 차분해졌다.

작년 여름, 나에게도 반려 식물이 생겼다. 식물 카페에서 받아온 작은 크기의 올리브나무인데 여름부터 초겨울까지 참깨보다도 더 작은 크기의 연둣빛 새싹을 계속해서 틔우며 우리 부부를 기쁘게 했다. 이름은 영이다. 올리브, 영!(맞다, 대기업의 뷰티숍 이름에서 가져왔다.)

영이는 겨울부터 눈에 띄게 시들해져갔다. 새초롬하게 커가던 잎사귀들이 마르기 시작하고 급기야 하나둘 떨어졌다. 볕 좋은 곳을 찾아 자리를 옮겨주고, 신경 써서 환기를 하고, 물 한 번 줄 때도 흙 상태를 봐가며 신중하게 줬다. 할 수 있는 모든 것을 애써서 해보아도 영이에게서 더 이상 전과 같은 싱그러움을 찾을 수 없었다.

나무와 다년생 식물에게는 '휴면 기간'이 있다고 한다. 날씨나 계절적 특성으로 불리한 성장 조건이 되면 자연스럽게 성장을 멈추고 최소한의 활동만 하며 일시 정지 상태로 잠시 쉬는 기간을 갖는 것이다. 더 나은 성장 조건이 될 때까지 에너지를 보존하면서.

가을을 지나 일조량이 부족한 겨울이 오면 나무들은 일부러 잎 속의 양분을 줄기로 이동시켜 잎을 붉게 물들게 하고 가지에서 탈락시킨다. 이 또한 혹독한 겨울을 나기 위한 나무의 휴면 기간, 휴식기인 셈이었다. 그 덕분에 나무는 겨우내 가지고 있는 양분을 최대한으로 보존할 수 있고 따스한 봄이 오면 다시 힘차게 새로운 잎을 틔우며 나무의 삶을 이어나갈 수 있다.

열매가 열리는 나무들이 몇 해에 한 번씩 열매가 맺히지 않는 '해걸이'를 하는 것 또한 비슷한 맥락이다. 자연은 누가 시키지 않아도 모두 그 다음 스텝을 위해 주기적으로 아무것도 하지 않고 쉬면서 충전하는 시기를 보낸다.

풍요로운 햇살, 넉넉한 바람, 시원한 물, 건강한 땅의 양분을 먹고 무럭무럭 자라 싹을 틔우고 열매를 맺어야 할 때는 누구보다 열심히 일한다. 찬란하고 아름답게 꽃을 피우고 과실을 맺는 시기가 지나고 찬바람이 불기 시작하면 미련 없이 모든 에너지를 줄기와 뿌리에 끌어 모아 웅크리고 시린 겨울을 난다. 겨울은 1년에 한 번씩, 매년 규칙적으로 돌아오는 자연의 휴식기다. 그게 자연의 루틴이다.

성장과 결실에는 필연적으로 휴식이 필요하다. 애쓰는 시간을 보내면 애쓴 시간만큼 휴식을 취해주어야 한다. 운동을 할 때도 우리의 근육은 휴식할 때 만들어지고, 성장기의 아이도 밤에 자면서 큰다. 해걸이가 끝난 과실수는 그다음 해 더 많은 양의 열매를 맺고, 텃밭도 겨울에 얼마나 땅을 잘 쉬게 해주었는지가 그다음 해의 농사를 결정 짓는다.

식물처럼, 인간도 자연에서 태어났으니 똑같다. 인간에게도 애쓰는 시간과 동시에 쉬는 시간이 필요하다. 코로나19라는 혹독한 시기를 거쳐 보낸 나의 몸을 이제는 가만히 내버려두기로 했다. 더 빨리 움직이라고 어서 더 많은 일을 하라고 재촉하지 않고 그저 쉬기로 한다.

우리 집 영이도 조급해하지 않고 느긋한 마음으로 기다려볼 작정이다. 따뜻한 봄바람이 불고, 땅이 기지개를 켜고, 나무들이 새싹을 틔울 때쯤 영이도 나도 활기를 되찾고, 건강한 몸으로 더 단단한 생활을 이어갈 수 있을 것이다.

기분이 울적한 날엔 텃밭으로

'마음 울적한 날엔 거리를 걸어보고 향기로운 칵테일에 취해도 보고 한 편의 시가 있는 전시회장도 가고 밤새도록 그리움에 편지를 쓰고' 싶다던 「칵테일 사랑」의 노랫말처럼, 나도 울적한 날에 하는 일이 있다. 옷장에서 제일 예쁜 원피스를 꺼내 입고 책 한 권과 노트를 들고 근처 단골 카페로 달려가는 것이다. 향긋한 커피를 한잔하면서 책 읽고 글 쓰며 두어 시간을 보내다보면 울적한 기분이 부드럽게 살살 풀어지곤 했다.

이 방법이 좀처럼 통하지 않던 시기가 있었다. 좋아하는 커피에 맛있는 케이크 한 조각까지 곁들여도 도통 울적한 기분이 나아지지 않고 가늘고 길게 무력한 날들이 이어졌다.

잠깐 장을 보러 가는 사이에도 옷을 차려입어보기도 하고, 친구를 만나 기분 전환을 해보기도 했다. 매일 베개 커버를 새것으로 갈고, 예쁜 과일만 골라서 사 먹고, 나를 성심성의껏 대접도 해봤다. 그럼에도 뭔가 꽉 막힌 듯 좀처럼 흐르지 못한 감정들이 배출구 없는 마음속에 쌓여갔다.

어찌할 바를 모르고 있던 그때, 남편이 텃밭에 가자고 했다. 한동안 의욕이 생기지 않아 남편 혼자 밭을 오가던 참이었다.

"오늘은 싫어. 그럴 기분이 아니야."

단호하게 거절하는 나를 남편은 계속해서 어르고 달랬다.

"여보는 자전거 뒷자리에 앉아서 편하게 가기만 하면 돼. 데리고 가고 데리고 오는 것도 다 내가 할게. 가서 일도 다 내가 하고. 그냥 가만히 자전거에 앉아만 있어. 가서도 가만히 구경만 하고. 그냥 텃밭에 가보자. 가서 얼마나 컸는지 구경만 하고 오자. 집에만 있기에는 날씨가 참 좋잖아?"

끈질기게 다정한 구애에 못 이기는 척 따라나서기로 했다. 정말로 일할 기분이 아니니 그냥 가서 구경만 해도 되느냐 묻고 그렇다는 확답까지 야무지게 받고서야 자전거 뒷자리에 앉았다.

자전거가 출발했다. 후덥지근한 날씨에 쌩쌩 달리는 자전거 뒷자리에 가만히 앉아서 가느다란 바람을 맞았다. 갑자기 훅 하고 정면에서 불어오는 시원한 바람에 눈을 뜨니 남편이 몸을 앞으로 숙인 채로 페달을 밟고 있었다. 앞에서 불어오는 바람을 뒷자리의 내게 양보하는 마음이었다. 슬그머니 웃음이 새어 나왔다.

자전거는 계속해서 달렸다. 빼곡한 빌딩과 오래된 빌라들을 지났다. 공원을 거쳐서 물이 흐르는 천 위의 다리를 건너고 나자 시끄러운 도시의 소음이 순식간에 뚝 끊겼다. 이따금 산책 나온 주민 외에는 사람 한 명 없는 작은 시골길 속으로 더 깊숙하게 들어갔다. 나무 위에 숨어 지저귀는 새소리를 들었다.

한참을 달려 도착한 우리의 텃밭에는 잡초가 무성하게 자라고 있었다. 남편은 혼자서 작물 가지치기를 하고 넝쿨을 올리고, 웃거름을 주고, 푸성귀와 열매들을 따고, 물까지 다 주었다. 그러느라 잡초까지는 섬세하게 관리하지 못했던 남편은 대충 큰 것만 뽑고 작은 것들은 그냥 내버려두었다고 설명했다.

혼자 땀 뻘뻘 흘리며 일하고 있는 남편을 가만히 앉아 보고 있자니, 뾰족한 마음으로 밭일을 모두 남편 몫으로 던져놓았던 게 미안해졌다.

물끄러미 내려다본 발끝에 잡초가 몇 개 보였고, 이것만 뽑아야지 생각하며 허리를 굽혔다. 하나둘 풀을 뽑다보니 계속해서 뽑아야 하는 잡초가 눈에 들어왔다. 여기까지만, 이거까지만, 했는데 정신을 차리고 보니 호미를 들고 무아지경으로 잡초를 뽑는 내가 있었다. 덕분에 모기에 잔뜩 물렸고, 밭은 깔끔해졌다.

다시 자전거 뒷자리에 앉아 시원한 바람 맞으며 집으로 돌아오는 길. 몰랐는데 내가 남편 뒤에 앉아서 콧노래를 불렀나보다.

"그거 알아? 여보는 텃밭 다녀오면 기분이 좋아진다?"

남편이 그 말을 하기 전까지는 의식하지 못했는데 돌이켜보니 정말 나는 텃밭에 다녀오면 늘 기분이 좋아졌던 것 같다. 그리고 그 마법은 이번에도 통했다. 꽉 막혀 고여 있던 무거운 감정이 땀과 함께 몽땅 빠져나간 것처럼 몸도 마음도 개운했다.

그날 이후 마음이 울적한 날에는 도심 속 카페가 아니라 시골 오솔길을 지나야만 만날 수 있는 우리의 텃밭으로 달려간다. 한 손엔 호미, 한 손엔 모종삽을 들고 쭈그리고 앉아 묵묵히 잡초를 뽑는다.

앞줄부터 차례대로, 밭의 끝까지 새끼손톱만큼 자란 풀도 용납할 수 없다는 듯 집요하게 솎아내고 나면 온몸이 땀으로 다 젖어버린다. 나를 필요로 하는 곳에서 작게 노동하며 흘리는 땀. 헬스장에서 운동해서 흘린 땀과는 또 다른 개운함이 있다.

이따금 허리가 아플 때 벌떡 일어나 하늘로 고개를 쭉 내밀고 기지개를 켜고 나면 '내가 뭐 때문에 울적했더라?' 싶다.

울적한 날엔 도심 속 나만의 작은 숲에 간다. 도시에서 한없이 복잡하고 무거워진 내 생활을 이끌고 숲으로 들어가서 다 내려놓고 일한다. 흙 만지고 땀 흘리며 세상에서 가장 단순한 노동을 가장 중요한 일처럼 하다보면, 세상을 대하는 내 마음도 이내 단순해진다. 무겁게 느껴졌던 문제나 생각이 조금은 가벼워지고, 이해할 수 없어 힘들었던 것들을 '그럴 수도 있지'라는 마음과 함께 받아들이기도 한다. 비로소 몸도 마음도 편안해진다.

다시 자전거 페달을 굴려 도시 속으로 걸어 들어갈 때쯤엔 어느새 콧노래를 부른다. 나의 리듬을 되찾아 돌아가는 도심. 나만의 작은 숲, 나의 텃밭이 곁에 있는 한 도시 생활이 더는 무겁지 않다.

(2장)

애쓰지 않아도 자연스럽게

의외의 농장 룩

대학 시절 몇 달치 아르바이트 월급을 모아 처음으로 혼자 유럽 여행을 떠났다. 당시 런던의 빅벤, 파리의 에펠탑보다 나를 놀라게 한 것이 있다면 바로 나와 비슷한 또래 여자들의 자유로운 옷차림이었다. 얇디얇은 레깅스를 신고 그 위에 배꼽이 보일 듯 말 듯한 티셔츠나 맨투맨 한 장을 걸치고 당당하게 도심을 가로지르는 그들을 보면서 문화적 충격을 받았다.

레깅스란 자고로 너무 짧은 바지나 치마를 입을 때 속옷을 가리거나 다리를 보호하는 용도로 신는 것이 아니었던가! 레깅스를 입고 싶다면 상의는 무조건 엉덩이를 가릴 수 있을 만큼 길어야 하는 게 대한민국의 '국룰'이었던 시기. 레깅스에 허리 위로 댕강 올라가는 티셔츠를 입고 다니는 유럽의 패션이 내게 얼마나 충격적이었느냐 하면, 귀국하고 나서도 그 이야기를 몇 년간 우려먹었을 만큼이다.

그로부터 10년이 훌쩍 지난 지금은, 너도나도 레깅스를 단독으로 입는다. 보통 요가나 웨이트 운동할 때만 착용했던 레깅스가 슬며시 일상 속에 스며들더니, 이제는 아예 '애슬레저룩'이라는 이름의 일상복으로 새롭게 탄생했다. 집에서도 입고, 운동할 때도 입고, 마트 갈 때도 입고, 등산 갈 때도 입고, 언제든 일상에서 입을 수 있는 평범한 옷차림으로 아주 자연스러워졌다.

10년 전에도, 유행하는 일상복이 된 이후에도 나는 좀처럼 생활 속에서 레깅스를 입지 못했다. 적나라하게 드러나는 다리 라인이 불편하고 어색했기 때문이다. 평소 무릎 아래까지 내려오는 스커트나 긴 원피스를 즐겨 입는 취향도 한몫했다. 그랬던 내가 요즘 가장 즐겨 입는 옷이 바로 레깅스! 이게 다 농장 때문이다.

주말 농장을 시작한 첫해, 겨우내 얼고 굳은 땅을 갈아엎으러 텃밭에 가던 날, 옷장 문을 열고 당황했다. 힘쓰며 노동하러 가기에 적합해 보이는 마땅한 옷이 없었다. 그때 내 눈에 띈 건 구석에 곱게 포개져 있던 레깅스였다. 그날 마땅한 옷이 없어서 어쩔 수 없이 입었던 레깅스는 나에게 흙먼지 흩날리는 흙더미 속에서도 개의치 않고 자유로운 노동을 할 수 있는 활동성을 선사했다.

밑단이 팔랑거려서 걸리적거리는 바지나, 흙 묻으면 쉽게 털리지 않는 청바지에 비해 간결하고 신축성 좋은 레깅스는 농장 일을 하기에 안성맞춤이었다. 흙먼지는 손으로 툭툭 털면 금세 털리고 세탁도 간편해서 조심성 없이 텃밭을 굴러다녀도 마음에 걸릴 게 하나 없었다. 여기에 목이 긴 양말과 흙이 묻어도 괜찮을 정도로 조금 낡은 운동화를 신어주고, 밀짚모자를 머리 위에 올리면 완벽한 농장 룩이 완성된다.

점심을 먹다가 날씨가 유난히 좋다 싶은 주말, 리틀 포레스트로 향한다. 옷장을 열어 몇 년을 입었지만 여전히 쫀쫀한 레깅스를 꺼내어 쓰윽 입고, 대충 티셔츠를 한 장 걸치고 밀짚모자를 쓰고 현관문을 나선다.

시골 할머니들의 몸뻬에 비할 순 없겠지만, 도심 속에서 작고 소소한 농장을 꾸리기에 이만한 복장이 없다. 레깅스 신고 텃밭에서 호미질하는 내 사진을 SNS에 올리며 생각한다. 이게 바로 MZ세대의 농장 룩이지!

근거 있는 자신감

밤샘 근무를 마치고 이른 아침에 퇴근한 남편이 농장에 다녀오자고 노래를 부르는 바람에 오전 일곱 시부터 눈곱만 떼고 텃밭에 다녀왔다.

여름 기운 쭉쭉 받은 우리의 리틀 포레스트는 오늘도 싱그럽다. 지난번에 몽땅 수확했으니까 이번에는 별거 없을 거라 생각하며 가벼운 마음으로 방문했는데, 언제 자랐는지 텃밭 곳곳에 주렁주렁 작물들이 사랑스럽게 달려 있다.

텃밭의 꽃은 여름 농사다. 나흘이면 새끼손톱만 했던 오이가 팔뚝만 해지고, 꽃이 지고 열매가 맺히려고 하는 가지도 눈에 띄게 큰다. 새초롬한 모습으로 매달려 있던 방울토마토는 탐스럽게 익어가고, 알뜰살뜰 싹 뜯어 간 쌈 채소는 마치 누가 새로 리필해둔 것처럼 다시 풍성해진다. 놀라운 생명력에 매일매일 감탄하며, 또 감사하며 그렇게 텃밭에서의 첫 여름을 맞이하고 있다.

어느덧 텃밭 농사 4개월 차, 이제 농장에 가면 부부가 손발이 착착 맞는다. 말하지 않아도 자연스럽게 분담된 서로의 역할을 알아서 척척 해낸다.

내가 천 주머니를 들고 며칠 새 풍성하게 자란 농작물을 따는 동안 남편은 넝쿨을 올려주고 가지치기하면서 그새 어지러워진 텃밭을 단정하게 정리한다. 그다음, 남편이 잡초를 뽑기 시작하면 나는 호미로 땅을 한 번씩 갈아엎으면서 흙이 물을 쭉쭉 흡수할 수 있도록 길을 터준다.

한가득 수확한 농작물을 내가 자전거 앞 바구니에 넣어 정리하는 동안, 남편은 호스를 이용해 텃밭에 시원하게 물을 흠뻑 준다. 땅으로 시원하게 떨어지는 물소리가 들릴 때마다 왠지 텃밭 작물들이 환호성을 지르는 듯한 느낌이 들어 나까지 기분이 좋아진다. 말 한 마디 없이 각자 할 일을 해내는 우리 부부는 어느새 온몸이 땀 범벅이 되어 마주 보고 헤벌쭉 웃는다.

집으로 돌아가는 길에 있는 작은 편의점에 들러 시원한 아이스크림을 하나씩 입에 무는 건 무더운 여름이 되면서 자연스럽게 생긴 루틴. 땀 흘리며 일하는 텃밭 노동 후에 맛보는 꿀 같은 행복이다.

눈뜨자마자 농장에 가서 몸을 쓰며 땀과 힘을 쫙 빼고 나면, 집에 돌아와 아침밥 챙겨 먹을 기력도 없다. 덕분에 저절로 과일이나 토스트로 아침을 간소하게 해결한다.

아침을 먹고, 잠시 쉬고 나서 에너지가 충전되면 신발장 앞에서 구조 요청을 보내고 있는 천 주머니 속 텃밭 작물들을 꺼내어 물에 풀어놓는다. 더운 날씨에 풀이 죽어 있던 채소들이 시원한 물 샤워를 받으며 금세 생생하게 살아난다. 내가 살아 있는 생명을 먹고 있구나 깨닫고 감사하게 되는 순간이다.

물 샤워를 마치면 살살 흔들어 흙만 털어내며 가볍게 씻는다. 시장에서 구입한 채소들은 농약을 씻어낸다는 이유로 공들여 씻는 시간이 필요하지만, 내 텃밭에서 직접 키운 것들은 그런 세척 과정이 몽땅 생략된다. 농약을 치지 않았으니까. 내가 키운 작물이니, 언제든 믿고 먹을 수 있다는 게 참 좋다. 흐르는 물에 쓱 가볍게 세척해 바로 먹을 수 있는 이 심플하고 근본 있는 단단한 자신감, 이건 돈 주고도 못 산다.

세척한 작물은 물기가 마를 때까지 잠시 펼쳐두었다가 용도별로 분리해 스테인리스 통에 넣어 냉장고에 착착 정리해둔다. 아직 작고 여린 쌈 채소는 달걀 프라이 하나 톡 올려서 간장이나 고추장에 쓱 비벼 먹는 비빔밥용. 봄볕과 봄바람에 튼튼하게 자란 상추는 따로 통에 담아두고 끼니 때마다 툭툭 찢어 샐러드용으로 먹기도 하고, 목살이나 삼겹살을 구워 신선하게 쌈을 싸 먹기도 한다.

애호박은 된장찌개에 넣어 먹어도 좋지만, 향 진한 부추와 함께 채 썰어 전을 부쳐 먹어도 참 달고 맛있다. 가지는 다진 돼지고기와 함께 볶아 가지 덮밥을 만들기도 하지만, 내가 가장 좋아하는 메뉴는 가지 위에 각종 다진 채소를 올려 구워 먹는 가지 피자다. 방울토마토는 그냥 먹기도 하고, 샐러드 토핑으로 쓰기도 하고, 갈아도 먹는다. 먹어도 먹어도 줄지 않는 방울토마토 만세!

텅 비어 있던 냉장고가 텃밭 채소가 담긴 통으로 금세 가득 찼다. 아래 칸에 줄지어 있는 반찬 통에는 얼마 전에 수확한 깻잎과 오이로 만든 깻잎찜과 오이김치가 있다. 입맛 잃은 무더운 여름날의 고마운 밥도둑이다.

텃밭에서 수확한 식재료와 반찬으로 꽉 찬 냉장고를 보면서 생각한다. '당분간 장을 보지 않아도 된다!' 텃밭에서 직접 키운

재료만으로도 여름 식탁은 풍성해진다. 보기만 해도 배부른 장면. 형용할 수 없는 기쁨이 차오른다.

아, 내 이러려고 텃밭 시작했지!

여름은 힘이 세다

누가 뭐라 해도 텃밭의 하이라이트는 여름이다, 여름! 이 뜨거운 여름을 위해서 이른 봄부터 부지런히 땅을 갈고, 씨를 뿌리고, 모종을 심고, 잡초를 뽑고, 물 주고, 때 되면 거름 주면서 그렇게 몇 개월을 보냈나보다.

주 1회 정도 방문하면 족했던 텃밭은 여름이 오면서 일주일에 몇 번이고 가야 하는 곳이 되었다. 물을 좋아하는 여름작물들은 비가 너무 안 오면 금세 시들고 열매는 맛이 써지기 때문에 여름이야말로 농부가 부지런해져야 할 때다. 아침에 일어나면 제일 먼저 일기예보를 확인한다. 비가 잘 내리지 않는 시기에는 이틀

에 한 번꼴로 방문해서 물을 줘야 하고, 비가 온 다음 날에는 기하급수적으로 늘어난 풀을 뽑기 위해 가야 한다.

결국 비가 와도 가고, 비가 오지 않아도 가야 하는 곳. 부지런하지 않으면 절대 가꿀 수 없는 게 텃밭임을, 첫해 여름을 경험해 보고 나서 뼈저리게 깨달았다.

그럼에도 나는 여름의 텃밭이 제일 좋다. 봄의 텃밭은 푸성귀 말고는 수확할 게 없어 다소 심심한 감이 있고, 가을의 텃밭은 무나 배추, 쪽파처럼 몇 개월 공들여 키워서 한꺼번에 수확하는 작물들이 대부분이라 수확 전까지는 보상 없이 일만 하는 느낌이라 귀갓길이 헛헛하다. 그런데 여름은 다르다. 여름의 나는 텃밭 덕분에 날마다 부자가 된 것만 같다.

여름의 텃밭은 자고 일어나면 키가 훌쩍 커 있는 성장기의 아이처럼 돌아서면 또 커 있고, 돌아서면 또 열매를 맺는다. 텃밭에 다녀오는 자전거 앞 바구니에는 그날의 수확물이 무겁도록 쌓이고, 둘이서 먹기에도 늘 벅차서 주변 이들과도 기꺼이 나누는 기쁨을 덤으로 얻는다.

마트에서 장을 보지 않아도 우리 집 식탁이 풍성해지는 여름을 나는 사랑하지 않을 수가 없다. 밭에서 일하다가 발갛게 익은 토마토나 튼실한 오이를 똑 따서 그 자리에서 대충 쓱쓱 닦아 한 입 베어 먹는 호사도 빼놓을 수 없는 재미다.

여름엔 오전 일곱 시만 돼도 너무 더워 밭일을 할 수가 없어서 동트기 전부터 부지런히 텃밭에 가는 수고로움을 감수해야 하지만, 아침형 인간인 나로서는 오히려 좋다. 한낮의 더위를 피해 새벽부터 운동하려고 나온 사람들을 마주하며 함께 아침의 시작을 열었다며 도취하고, 하루를 씩씩하게 살아낼 활력을 얻는다.

7월 말이 되면 여러 사람들의 다양한 텃밭들이 모여 농장은 여름 숲을 이룬다. 우리의 텃밭도 날이면 날마다 더 울창해지고 있다. 밭 사이사이의 넉넉한 간격이었던 고랑은 한 사람이 겨우 지나다닐 수 있을 정도로 좁아졌고, 무릎에도 채 닿지 않던 작은 모종들은 어느덧 내 키를 훌쩍 넘어섰다.

3월에 심었던 상추 모종은 꽃을 피워서 장마 지나고 진즉에 다 뽑았고, 씨앗으로 뿌린 쌈 채소를 요즘 잘 뜯어 먹고 있다. 물을 너무 많이 주는 바람에 비실비실하지만 그래도 죽지 않고 살아주는 기특한 대파도 갈 때마다 툭툭 잘라 온다. 마트 매대에서 한 단에 몇천 원이면 모양이 예쁘고 크기가 고른 대파를 살 수 있지만, 나는 조금 쭈글쭈글하고 빈약해 보여도 우리 집의 대파를 마지막까지 책임지며 열심히 먹고 싶다.

발갛게 익어가는 대추 방울토마토는 나의 최애 여름작물인데, 모종을 여섯 개나 심은 까닭에 토마토로 매 끼니 배를 채울 수 있을 만큼 아주 넉넉하게 열리고 있다. 마트에서 파는 것과는 감히 견줄 수 없을 만큼 향이 진한 부추는 남편의 최애 작물이다. 뜯고 또 뜯어도 풍성하게 자라주어서 이틀에 한 번꼴로 달큰한 부추전을 만들어 먹고 있다.

모든 사람이 봄에 텃밭을 계약하던 때의 초심을 꾸준히 이어가는 건 아니다. 더운 여름이 오면 어느 순간 주인의 손길이 닿지 않는 밭이 나타나기 시작하는데, 이런 밭은 장마가 한차례 지나가고 나면 뭐를 심었는지 더는 알아볼 수 없을 정도로 잡초가 무성한 숲이 되어버린다. 무성해진 숲은 점점 타인의 밭을 침범하기 시작하고, 그 피해를 우리 텃밭도 고스란히 받고 있다. 손으로는 뽑을 수 없을 만큼 막강해진 풀의 힘에 삽이나 낫을 대동해야 하는 순간도 온다.

직접 텃밭을 가꿔 농작물을 키워 먹기 시작하며 계절 변화에 민감해졌다. 그리고 날씨의 변화를 반가워한다. 비가 오면 '우리 텃밭 오늘 물 흠뻑 먹겠네, 좋다!' 싶고, 해가 쨍쨍하면 '우리 텃밭 오늘 햇살 받고 무럭무럭 자라겠다' 싶어서 신이 난다. 비 오는 게 그렇게 성가셨던 여름도, 아무 것도 못할 만큼 더워서 싫어했던 여름도 감사하고 당연히 거쳐야 하는 계절로 여겨지기 시작했다. 텃밭 덕분이다.

이제는 텃밭 라이프에 여름이 빠지면 너무 섭섭할 것 같다. 여름은 단연코 사계절 중 가장 강단 있고 꽃 같은 계절. 요즘 나의 생활은 웃거름을 주어야 하는 2주일 단위로 한 달을 세고, 지나는 여름을 아쉬워하면서도 가을 농사 계획을 차츰차츰 세우며 대비하고 있다. 귀찮을 법한 일들이 신나고 재밌게만 느껴진다.

오늘 집으로 돌아오는 길에 남편에게 이제 매년 이렇게 텃밭을 가꿀 거냐고 물었다. 남편은 뭘 그렇게 당연한 걸 묻느냐는 제스처를 취한다. 역시 그렇지?

이제는 텃밭 없는 삶을 상상할 수 없다. 물론 완전히 농사로 생계를 이어가는 건 또 다른 문제인지라, 아무래도 힘들 것 같다만. 우리가 먹고 싶은 것을, 먹고 싶은 만큼 건강한 방법으로 키워서 먹을 수 있는 텃밭은 오래도록 지속하고 싶은 취미임이 분명하다.

내년에는 조금 더 크게 농사를 지어야지 싶다. 이 신나고 재밌는 것을 더 많은 사람들과 나누고 싶으니까.

다리 꼬고 태어난 당근

지난 초봄, 지나가는 길에 엿본 종묘사 가판대에 쪼르르 올라가 있는 당근 모종이 너무 귀여워서 덜컥 사버렸다.

상추 모종을 심은 밭 아래쪽 공간이 조금 비어 있어 흙을 파고 당근을 심었다. '작고 여린 뿌리에 불과한 이 모종이 크면 우리가 먹을 수 있는 그 당근이 된다는 거지?' 텃밭 농사가 처음인 우리 부부에게는 모든 작물과의 첫 만남이 늘 신기하고 재밌다. 그리고 믿을 수가 없다. 이 잡초 같은 게 그렇게까지 실하게 큰다고?

바람이 불 때면 연둣빛의 여리여리한 이파리를 휘날리는 모습이 예뻤던 당근 모종은 봄 내내 무럭무럭 자라서 한 달여 만에 푸르른 숲처럼 풍성해졌다. 언제 수확해야 할까 당근 모종과 눈치 싸움을 하다가 사장님에게 수확 팁을 들었다. 지면 위로 솟아오른 주황색이 시중 마트에서 사 먹는 당근의 굵기와 엇비슷해졌다 싶을 때, 그때 당근의 고운 머리채를 잡고 쑤욱 뽑으면 된다고.

땅 위로 빼꼼 올라온 당근이 얼추 굵어졌다. 첫 당근을 수확할 때다. 저녁에는 내가 직접 수확한 당근으로 홈메이드 당근 케이크를 구워주겠노라고 남편에게 큰소리도 땅땅 쳤다. 봄 내내 상추만 수확해서 먹다가 처음으로 뿌리채소를 먹는 기대에 부풀어 뽑혀 나오는 당근만 바라보고 있었다.

그때 뽑혀 나온 당근은 평소 내가 보던 당근과는 몹시 달랐다. 곱게 쭉 뻗은 모양 대신 꼬불꼬불 다리 꼬고 태어난 당근. 이상하다 싶어서 그 옆의 당근, 그 옆옆의 당근, 그 옆옆옆의 당근도 뽑아보았는데 하나같이 모두 다리를 꼬고 있다.

나란히 줄지어 세워놓으니 사람이 다리를 꼬고 누워 있는 모양새다. 그 모습이 퍽 웃겨서 배꼽 잡고 웃었다.

당근은 씨앗 상태로 땅에 직접 심어서 키워야 한다는 조언을, 모종을 심고 나서야 들었다. 당근은 뿌리가 곧고 크게 자라면 그걸 수확해서 먹는 건데, 모종 같은 경우는 농사 숙련도나 흙 상태에 따라 제대로 곧게 뻗어 자라지 않고 꼬부라지면서 자랄 가능성이 높다고.

그 사실을 미리 알았더라면 아무리 당근 모종이 귀여워도 구입하지는 않았을 텐데, 이미 엎질러진 물이었다. 꽈배기처럼 다리를 꼬고 태어난 당근을 보자 왜 씨앗을 심어서 키워야 하는지 그 이유를 명확하게 알았다.

제일 작은 크기의 당근을 골라서 탁탁 흙 털고 수돗가로 가 깨끗이 씻었다. 아그작, 한 입 베어 무니 코끝과 입안에 달달하고 진한 당근 향이 퍼진다. 노지 밭에서 바로 수확해서 먹는 것들은 향과 맛이 아주 강인하다. 마트에서 사 먹는 곱게 자란 것들과는 다르게 향이 진하고 더 아삭하다. 모양은 웃겨도 직접 키워서 먹은 당근은 아주 달고 맛있었다.

다음 날에는 꼬불거리는 당근을 깍둑깍둑 잘라서 카레로 만들어 먹었다. 카레를 먹고도 남은 당근은 잘게 다져서 홈메이드 당근 케이크를 구웠다. 카레로 먹을 땐 카레 향에 묻혀서 못 느꼈는데, 케이크로 구워 먹으니까 그동안 마트에서 산 당근으로 만든 케이크와 맛이 완전히 다른 게 느껴졌다. 구울 때부터 이미 당근 고유의 향기가 진하게 풍겼다. 생산자의 밭에서 자란 당근이 중간 유통자와 마트를 거쳐 우리 집 식탁으로 오기까지 여러 단계를 거쳐야 할 텐데, 당근을 내 텃밭에서 손수 키워서 먹으면 그 과정이 몽땅 생략되니 더 신선하고 싱싱할 수밖에.

시간과 공을 들여 구운 당근 케이크 한 판이 단 10분 만에 비워졌다. 초봄에 모종을 사다가 심고, 물 주고, 잡초 뽑아가며 키워 수확하고. 집에 가져와 흙 털고 손질하고. 갈아서 반죽하고, 오븐에 굽고. 먹는 것은 고작 10분이면 끝나는 케이크지만, 직접 재배부터 굽기까지는 몇 개월이 걸렸다. 그럴 만한 가치가 있느냐고 묻는다면, 단연코 예스!

텃밭에서 키워서 먹는 것이 많아질수록, 더는 자연과 음식을 함부로 대할 수가 없다. 텃밭에 사는 작은 벌레 한 마리조차도 말이다. 내 앞에 놓여 있는 한 그릇의 음식이 만들어지기 위해서는 온 만물이 합심하여 무수한 시간과 공을 들여야 함을 뼈저리게 느끼고 있기 때문이다.

마지막 남은 꼬부랑 당근들을 모두 수확한 초여름의 어느날, 나는 다짐했다. 당근은 무조건 씨앗을 심어서 키우자고.

느슨한 초보들의 연대

"뭐 키워요?"

"뭐 심었어요?"

텃밭에서 마주치는 사람들과 서로 가장 자주 주고받는 말이다. 지금 밭에 심고 있는 게 뭔지 정말로 궁금해서 던지는 질문일 때도 있지만, '안녕하세요'라는 말 대신 건네는 흔한 인사일 때도 많다.

뭐 키우느냐는 질문으로 물꼬를 튼 대화는 현재 심고 있는 농작물 이야기, 그동안 텃밭을 꾸려온 이야기를 넘어 어떤 음식을 해 먹는지, 어디 사는지, 가족 구성원은 어떻게 되는지 등 지극히 개인적인 이야기로 이어지기도 한다. 지금껏 가꾸는 사람이 누구인지는 모른 채, 사람 없는 밭만 내내 구경하다가 마주친 김에 서로의 밭을 마구 칭찬하기도 하고, 깨알 팁을 주거나 귀중한 조언을 받기도 한다.

텃밭을 가꾸기 시작한 첫해에 "뭐 심으셨어요?"라는 인사와 함께 이웃 텃밭 주인과 친구가 됐다. 이웃도 우리도 농사가 처음인 초보였는데 신기하게도 텃밭에서 자주 마주쳤다. 만날 때마다 서로 인터넷이나 지인, 책을 통해 새롭게 얻은 얕은 지식을 미주알고주알 나누며 어설픈 농사를 함께했다.

이웃 사람이 "무 심을 때는 두둑을 좀 높게 세워줘야 한다더라고요"라고 말하면, 나는 서둘러 남편을 불러서 두둑을 높게 세웠다. "지난봄에 당근을 모종으로 심었더니 다리 꼰 당근을 수확했지 뭐예요!"라고 내가 말하면 이웃 사람은 당근 모종 대신 씨앗을 사와 심는 격이었다.

서로 경작하는 밭을 힐끗힐끗 바라보며 상대방이 키우지 않는 작물을 수확할 때는 말없이 쓰윽 건네주기도 하고, 밭에 물 주러 왔을 때 이웃 텃밭의 땅이 메말라 보이면 쓰윽 하고 함께 물을 주는 식으로 느슨한 초보들의 연대를 이어갔다.

이웃에게 한 움큼 나눠 받은 쑥갓 씨앗을 텃밭 한쪽 구석에 심었는데 넘치도록 크게 자라서 여름 내내 어묵탕을 끓여 먹어야 했던 일(쑥갓으로 요리할 줄 아는 거라곤 어묵탕뿐이던 시절이었다), 이웃이 호박잎과 고구마 줄기를 나눠 주며 다듬는 법부터 요리하는 방법까지 다정하게 알려준 덕에 내 생애 처음으로 호박잎을 쪄 먹고 고구마 순을 무쳐 먹던 일, 우리 밭에서 가장 자랑거리인 새빨갛게 익은 딸기를 나눠 먹던 일...... 모두 너른 땅의 이웃들이 있었기 때문에 누릴 수 있던 또 다른 풍요였다.

텃밭을 함께 꾸리는 이웃이 있다는 건 이렇듯 혼자서는 결코 누릴 수 없는 풍요와 기쁨을 선사한다. 하지만 가끔은 그러지 않아도 되는 비교를 하며 시무룩하게 귀가할 때도 있다. '남의 떡이 더 커 보인다'는 속담처럼 희한하게 남들이 수확한 작물은 전부 우리 밭에서 나는 것보다 탐스러워 보인다. 열무도 더 싱싱한 것 같고, 상추도 어쩐지 더 빨리 자라는 것 같고. 우리 밭의 작물이 덜 자라는 이유는 꼭 모두 다 내 탓인 것만 같다.

나는 비교가 될 때마다 위축이 되어서, 재빠르게 해결책을 강구했다. 다른 이의 텃밭이 부러울 땐 시샘하지 말고 벤치마킹하기로 한 것. 유난히 좋아 보이는 게 있으면 유심히 보고 따라 하고, 어떻게 하는지 궁금하면 직접 물어보고 배워서 우리 것으로 만들기로 했다.

농장에는 유난히 넝쿨 지지대를 멋지게 올리는 이웃들이 많았다. 남편은 텃밭마다 예의주시하며 어떤 넝쿨 지지대가 쉽게 만들 수 있는 것인지, 또 그게 실제로 여름 내내 튼튼하게 관리되는지, 넝쿨이 크게 자랄 수 있는지 확인하며 좋은 것을 벤치마킹했다. 갈수록 흐물거리던 그물망과 툭 하면 쓰러지던 우리 밭의 어설픈 지지대도 해가 갈수록 조금씩 그럴싸해졌다.

요즘은 쭈그리고 앉아 일을 하고 있으면, 어디선가 올해 처음 텃밭을 시작했다는 이웃이 "뭐 심으세요?"라 물으며 다가오고, 우리 부부에게 조언을 구하는 일도 왕왕 일어나고 있다.

쑥갓 씨앗을 건네준 이웃처럼, 고구마 순과 호박잎을 안겨주고 요리해 먹는 방법까지 다정하게 가르쳐준 이웃처럼, 우리 부부도 우리가 할 수 있는 한에서 넘치는 것과 텃밭에서 배운 것들을 나누며, 순환하는 환대와 새로운 연대를 이어가고 있다. 텃밭에서 배우는 새로운 관계다.

얼마 전 처음으로 텃밭에 씨감자를 심었다. 그동안 구황작물을 한번 키워보고 싶었는데 씨감자 신청 시기를 자꾸만 놓쳐서 매번 다음 해로 미루곤 했다. 파종용 씨감자는 구하기 어려운 편이라 이번에도 씨감자를 구하지 못하고 아쉬운 마음으로 텃밭을 찾아갔다. 그런데 그날 우연히 주말 농장 사장님이 텃밭에 심고 남은 씨감자를 처분하려는 걸 보았다. "저희가 그거 살게요!" 달려나가서 남은 씨감자를 냉큼 샀다.

처음 심어본 구황작물이라 (게다가 못 심을 줄 알았는데 심어서) 더 설레는 마음을 감추지 못하고 텃밭에 올 때마다 제일 먼저 씨감자 심은 자리부터 살폈다. 아직 땅을 뚫고 나올 기척조차 없어서, 역시 오래 걸리나보다 하고 귀가하려는데 농장 사장님의 감자밭에는 이미 씨감자 새순이 땅을 뚫고 나와 한 뼘 크기만큼 자란 걸 발견했다.

분명 우리와 한날한시에 같은 씨감자를 심었는데, 어쩜 이렇게 다를 수가 있을까. 사장님의 비법은 뭐지? 그 순간 올해 내가 공부해야 하는 부분을 발견했다. 다음에 밭에 오면 주말 농장 사장님부터 찾아야지. "사장님, 뭐 심으셨어요?" 감자밭을 위한 또 다른 연대가 시작된다.

나의 든든한 텃밭 친구

텃밭이라는 도전 덕분에 새로운 경험뿐만 아니라 평소 느껴보지 못한 다양한 기쁨을 누렸다. 소소하게 자급자족하는 기쁨, 넘치는 것을 타인과 나누는 기쁨, 성실한 노동의 결실을 보는 기쁨, 건강한 자연과 흙이 주는 기쁨. 그리고 한 가지 더 얹어보자면 어머님과 좋아하는 것을 공유하는 기쁨이다.

첫해에 주말 농장을 계약했다고, 텃밭을 가꿀 거라고 안부 전화를 드렸을 때 양가 부모님 중에서 시어머님이 가장 반가워했다. 이미 오래전부터 집 앞에 작은 텃밭을 꾸리고 있는 어머님은 텃밭 가꾸기가 세상에서 제일 재밌다며, 아마 너희들도 좋아할 거라며, 멋지다고, 앞으로 봄날이 신나겠다며 환영했다.

결혼 허락을 받기 위해 양가에 인사드리기 직전, 남편은 시어머니를 내게 이렇게 소개했었다. "우리 엄마는 아직도 소녀 같은 면이 있는 분이셔. 약간 꽃 같은 분이랄까."

나는 그 소개가 참 근사하고 멋지다고 생각했다. 어느 자식이 자신의 부모님을 소개할 때, 여전히 소녀 같은 사람, 꽃처럼 예쁜 사람이라고 말할 수 있을까. 그 소개만으로도 나는 남편이 부모님과 어떤 유대 관계를 맺고 있는지, 또 나아가 어머님이 어떤 성정의 분인지 어림짐작할 수 있었다.

텃밭 덕분에, 우리 부부와 어머님 사이에 공유할 수 있는 이야기가 생겼다. 더 솔직하게 말해보자면 나와 어머님 사이에, 우리 둘이서만 주고받는 은밀하고도 즐거운 화젯거리가 생겼다.

텃밭의 화제는 매 계절 달라지기 때문에 대화 소재가 떨어질 일이 없고, 되레 날마다 풍성해졌다. 텃밭을 가꿀수록 할 줄 아는 것과 해본 것이 많아지고, 하고 싶은 것이 늘어날수록 고부 사이의 전화 통화 시간도 나날이 길어져갔다.

처음엔 그저 텃밭에 다녀와 밭 사진을 보내드리면 어머님이 작은 조언을 해주시는 것 정도로 시작했던 연락이었는데, 요즘은 그냥 텃밭 수다가 떨고 싶어지면 어머님에게 전화를 건다.

"어머님, 저 몇 년 만에 씨감자를 드디어 심어봤는데. 너무 자랑하고 싶은데 도저히 자랑할 데가 없어서 어머님께 전화 걸었어요. 씨감자 심은 거 자랑하려고요!"

어머님은 깔깔깔 웃으며 막내며느리의 코딱지만 한 텃밭 자랑을 모두 받아준다. 어제는 상추를 잔뜩 수확해서 비빔밥을 해 먹었다던가, 드디어 완두콩을 털었다던가, 올해 가을은 대파를 좀 더 심어야겠다는 계획을 공유하다가 역시 텃밭은 재밌다며 인사하고 통화를 끝내면 30분이라는 시간이 훌쩍 지나가 있다.

어느 날은 우리 텃밭에 수세미가 너무 심고 싶었는데, 수세미는 크게 자라는 넝쿨 식물이라 주말 농장에서 경작하는 게 금지돼 있었다. 그날 어머님과 통화할 때 아쉬운 마음을 토로했더니, 다음 날 어머님이 수세미 모종을 사다가 어머님 텃밭에 심어주셨다.

편도 400킬로미터 떨어져 있는 시골의 밭에 어머님이 심은 나의 수세미가 있다니! 내가 키우는 것도 아니지만, 나는 어머님 텃밭의 수세미가 커가는 과정을 사진으로 공유받으며 괜스레 뿌듯해했다.

그해 가을 수세미 수확철, 시댁 거실에는 수세미 가내수공업 공장이 차려졌다. 얼마 안 있어 몇 년을 써도 다 못 쓸 만큼 많은 양의 천연 수세미가 가득 담긴 택배가 우리 집으로 배송되었다.

영근 수세미를 따다 삶아 즙을 다 씻어내고 껍질을 벗겨 바짝 말려야 우리가 주방에서 쓰는 천연 수세미가 되는데, 그 과정이 여간 수고스러운 게 아니다. 그 번거로운 과정을 오로지 어머님 혼자 하게 만든 것도 죄송한데(수세미를 키우고 싶다는 나의 말에서 시작된 거니까), 그렇게 새로 태어난 뽀얀 수세미 중에서도 가장 예쁜 것으로만 골라 담은 것이 분명한 택배 상자를 보니 마음 한구석이 울컥하며 따뜻해졌다.

텃밭과 살림 이야기를 나누며 대화 속에서 자연스럽게 묻어나는 어머님의 오랜 살림 지혜를 많이 배운다.

이를테면 봄에는 냉이와 쑥을 캐서 국 끓여 먹고 전 부쳐 먹고 떡 해 먹는 것. 동네 이웃 밭에서 버려지는 숫양파나 마늘은 가져와서 다듬어 먹고, 중탕기에 넣어 양파 진액으로 만들고, 흑마늘을 만들어 1년 내내 약처럼 먹는 것. 가을에는 동네에서 밤 주워 쪄 먹고, 은행 주워 구워 먹고, 도토리 주워 묵 쑤어 먹는 것. 봄가을에 부추를 수확해서 먹고 남은 것은 쫑쫑쫑 썰어 냉동해두면 겨우내 대파 대신 요긴하게 쓰이는 것. 종묘사에서 모종을 사서 심는 게 아니라 씨앗으로 파종해서 키운 작물을 이웃끼리 서로 없는 것을 교환해가며 쓰는 것 등등.

"시골에 살면 돈이 많이 필요 없어. 나는 몇 년 전부터 일부러 느그 아부지랑 나랑 둘이 받게 될 국민연금 금액에 맞추어 작은 규모로 줄여서 사는 연습을 했어. 더 늙어서 은퇴하고 국민연금으로만 살아도 충분히 먹고살아. 지금 여분으로 모으는 돈은 그때쯤 우리 부부 병원비로 쓰지 않을까 싶어."

이렇게 단순하면서도 든든한 노후 대비가 있을까. 시골에 살면 돈이 많이 필요 없다는 말이 무척 매력적으로 들린다. 나도 언젠가 시골에 내려가서 어머님처럼 내가 감당할 수 있는 만큼만 작은 텃밭을 가꾸고, 작은 살림을 꾸리고 싶다. 어머님처럼 욕심 없이 꽃처럼 소녀처럼 매일 이 순간의 행복에 감사하며 살면, 적은 돈으로도 충분히 잘 먹고 잘살 수 있을 것만 같다. 그 산증인이 내 곁에 떡하니 있으니, 그 무엇도 두렵지 않다.

30년 묵은 새 수건

“내가 나이를 먹고 이렇게 보니까 말이야, 이제 집을 조금씩 정리하면서 살아야 돼. 아니, 진짜야. 내가 죽으면 남은 가족들이 뒷정리하는 거, 그것도 다 일이더라고. 내가 평소에 딱 쓸 것만 가지고 살고 이제 안 쓰는 거 쟁이는 건 그만해야겠어.”

모든 일은 어머님의 그 말로부터 시작되었다.

이제는 묵은 살림을 싹 비우고 자주 쓰는 물건만 가지고 간소하게 살고 싶다는 어머님의 말씀을, 미니멀 라이프로 책까지 쓴 추진력 강한 며느리가 놓칠 리 없었다. 당장 다음 날 함께 어머님의 살림을 비워보기로 했다.

다음 날 아침, 커피 한 잔으로 카페인을 바짝 충전했다. 그러고는 어머님, 남편과 함께 팔을 걷어붙이고 마치 당장이라도 이사 갈 것처럼 집을 거덜 내며 비우기 시작했다.

어머님은 집을 정리하는 목적이 아주 분명했다. 첫째, 안 쓰고 보관만 해둔 묵은 살림을 청산하고, 둘째, 물건으로 가득한 방을 정리해서 부부의 휴식 공간을 마련하고, 셋째, 좌식 생활을 입식 생활로 바꾸고 싶다.

목적이 명확하니 할 일도 명확했다. 그만큼 집 비우기가 금방 끝날 줄 알았는데, 오전에 시작한 집 정리는 깜깜한 밤이 되어서야 겨우 끝났다.

쉴 틈 없이 물건을 꺼내고, 선별하고, 비우는 행위를 반복하느라 정신이 없어 끼니 챙기는 것도 잊어버렸다. 그만큼 온 가족이 물건을 비우는 데 한마음 한뜻으로 진심이었고, 그 결과는 참으로 놀라웠다. 집의 완전한 환골탈태. 가전, 가구와 쓰레기 봉투가 끊임없이 나오는 광경을 보고 옆집에서는 이사라도 가는 거냐고 물었다.

어머님의 옷장 맨 아래 서랍에는 30년 묵은 새 수건들이 가득했다. 어느 체육대회, 어느 돌잔치에서 받은 수건 선물인지 날짜와 함께 꼬리표처럼 낙인찍혀 있는 새 수건들 사이에서 어머님은 수건 몇 장을 건져 올렸다.

“이건 우리 엄마가 나 시집간다고 선물로 사주신 수건들인데 그게 이렇게 여태껏 써보지도 못하고 묵혀 있었네.”

시집가서 곱게 예쁘게 잘 살라고 친정어머니가 사주신 수건을 아까워서 차마 쓰지 못한 채 수십 년간 보관만 해온 어머님의 마음을 나는 알 것도 같다. 그러나 한 번도 쓰지 않은 고운 색의 새 수건들은 빛 하나 들어오지 않는 서랍 구석에서 30년이라는 세월에 다 삭아버려 너무도 볼품없어졌다. 세월의 흔적이 역력하게 드러났다.

30년 세월에 삭아버린 수건을 보고 큰 결심을 한 어머님은 너무 오래 써서 낡고 거칠어진 헌 순간들을 몽땅 쓰레기 봉투에 버렸다. 그리고 산더미처럼 쌓인 새 수건들 중에서 가장 예쁘고 고운 것들만 골라서 욕실 수납장을 채웠다.

수건을 비운 것을 시작으로 어머님의 비움에 가속도가 붙었다. 옷장과 서랍에 차곡차곡 각 잡아 예쁘게 보관되어 있던 옷들도 몽땅 꺼내어 바닥에 펼쳐 보이고서 가장 잘 입는 옷들을 제외하고는 싹 비웠다. 그동안 옷장에 옷이 너무 많아서 평소에 자주 입는 옷들은 밖에 설치한 행거에 걸어두었는데, 안 입는 옷들을 싹 정리하고 나니 옷장에 옷이 다 들어가고도 넉넉하게 남았다.

낡고 녹슨 옷걸이도 몽땅 버렸고, 언젠가 손님이 오면 쓸지도 모른다며 수십 년간 보관해온 무거운 이불과 베개도 모두 정리했다. 붙박이장에 공간이 생기니 여기저기 집안 곳곳에 분산되어 있던 여분의 생필품과 식재료를 싹 모아서 정리할 수 있었다. 더는 필요 없는 가전과 가구는 폐기물 배출 딱지를 붙여 내놓았다.

각종 담금주와 과일청도 싹 비웠다. 담금주와 과일청이 비워진 유리 수납장 선반의 묵은때를 걸레로 힘주어 닦아내면서 내 마음도 다 시원해졌다.

그렇게 10시간이 넘는 고강도의 집 정리로 어머님의 숙원 사업을 마쳤다. 비운 자리에는 어머님이 원했던 입식 생활을 위한 새 식탁과 소파를 채웠다.

그날 이후로도 어머님의 비우기는 계속됐다. 옷장과 선반을 버려 생긴 빈 공간에는 건조기를 들여놓았다. 건조기는 몇 년 전부터 어머님이 갖고 싶어 했던 가전제품이었는데, 그동안 집에 건조기를 넣을 공간이 없어서 사지 못했다고 하셨다.

“이제 오래 써서 낡은 건 다 버리련다. 그동안 아끼느라 안 쓰던 거 꺼내 쓰면서 내가 나를 대접해주면서 살려고.”

수화기 너머 부드러운 어머님의 목소리에 나는 마음이 뭉클해졌다. 어머님의 변화는 이제 내게는 너무 당연해서 의식조차 못했던 미니멀 라이프의 힘을 다시금 깨우치게 해주었다.

더는 사용하지 않고 자리만 차지하며 내 마음의 짐으로 남은 물건들을 비우는 것. 그래서 내가 머무는 공간을 내 마음에 들도록, 내 생활 패턴에 맞도록 조금씩 바꿔나가는 것. 그런 과정을 통해 나를 좀 더 알아가는 것. 스스로를 아끼고, 공간과 마음의 주인으로서 내가 나를 대접해주며 만족스러운 삶을 사는 것. 그게 미니멀 라이프였다.

어머님에겐 다음 계획도 있다. 너무 커서 베란다에 두고 쓰는 800리터 훌쩍 넘는 거대한 냉장고가 고장이 나는 날이 오면, 미련 없이 버리고 작은 냉장고를 들이기. 커다란 냉장고가 빠진 자리는 빈 공간으로 두기. “햇살이 가장 예쁘게 들어오는 곳이니까 아침마다 여기서 차 마시면 좋겠지”라며 웃으셨다.

‘비우기’ 이전만 하더라도 이런 이야기를 나눌 때 어머님은 ‘시골에 살기 때문에 저장해두고 먹어야 하는 것들이 많아 커다란 냉장고는 필수'라고 말하곤 했다. 그런데 어느새 어머님도 작은 냉장고를 꿈꾼다. 매실 장아찌나 젓갈처럼, 평소 자주 먹지도 않으면서 철마다 만들어야 할 것만 같은 의무감에 담그던 수많은 저장 음식들도 더는 만들지 않을 거라고, 지겹다고.

미니멀이 이렇게나 무섭다. 모든 것이 간결하게 정리되고 나면 내게 필요한 것, 불필요한 것이 머릿속에 명확하게 나열되면서 삶의 궤도 자체가 완전히 변해버린다.

나는 어머님에게 물건을 비우고 나니 어떤 점이 가장 좋은지 여쭸다. 어머님은 한 치의 망설임도 없이 답하셨다.

"내 마음이 제일 좋다. 퇴근하고 집에 와서 현관문 열 때마다 기분이 좋고, 집이 너무 좋아서 밖에 나갈 필요도 없고, 이쪽 서랍을 열고 저쪽 서랍을 열어도 꼭 필요한 물건만 있어서 마음이 너무 편하고 좋다. 얼마 전에는 내가 40년 묵은 사진들도 싹 비웠잖니? 딱 몇 장만 남겨두고 싹 버렸어. 정말로 다 버려버렸어."

1년간 배운 것

텃밭 가꾸기와 함께 봄, 여름, 가을이 빠르게 흘렀다. 코로나 바이러스로 아무 데도 가지 못하는 시기였으나 우리에게는 텃밭이 있어 숨통이 트였다.

지나고 보니 가장 의욕 충만했다가 점점 시들어가기도 했던 나와 달리, 남편은 뭉근히 달아오르는 곰국처럼 처음부터 끝까지 비슷한 크기의 애정과 책임감을 골고루 쏟으며 늘 텃밭 농사에 최선을 다했다.

그렇게 꾸준했던 남편 덕분에 봄부터 가을까지, 아낌없이 잘 자라준 텃밭 작물을 참 열심히도 챙겨 먹을 수 있었다. 밭에서 갓

딴 쌈 채소와 마트의 상추는 만질 때 촉감부터가 달랐다. 당근과 부추의 남다른 향긋한 맛과 코끝까지 달콤했던 만물 딸기의 맛. 모두 잊을 수 없는 강렬한 경험이었다.

'추워져서 이제 텃밭도 끝물이겠지' 생각하면서도 주말마다 보러 간 텃밭에는 언제나 이다음에 한 번 더 먹을 만큼의 작물이 더 자라 있었다. 늘 신기하고 고마운 자연이다.

지난주에 수확해 왔던 텃밭 작물은 찬바람 듬뿍 맞아 가장 달고 맛있는 겨울 시금치, 달콤하고 귀여운 꼬마 당근, 싱싱한 상추와 튼실한 대파. 한 주간 남김없이 감사한 마음으로 소중하게 잘 먹었다. 농약 없이 강하게 키운 녀석들인 만큼 파 뿌리까지도 알뜰하게 챙겨 채수를 낼 때 썼다.

어제는 드디어 한 해 농사를 갈무리했다. 매일 조금씩 추워지는 날씨 속에서 "하루만 더, 조금만 더"를 외치다가 배추가 꽁꽁 얼어 먹지 못하는 날이 올까봐 이제 그만 올해의 텃밭을 보내주기로 했다. 밤부터 갑작스럽게 비가 오더니 오늘 아침에는 영하권으로 날씨가 훅 추워졌고 내일은 대설주의보라고 하니 마침 딱 적당한 타이밍에 텃밭을 정리한 것 같다.

비트는 너무 늦게 심는 바람에 뿌리가 크게 자라지 못해서 못 먹게 됐지만, 이파리는 샐러드로 충분히 먹을 수 있다니 다행이었다. 당근도 그렇고 여러모로 아직 농사를 잘 모르는 초보라 시기를 많이 놓치는 바람에 덜 자란 게 눈에 띄어 좀 아쉽다. 그래도 텃밭과 함께 참 재밌었던 1년이었다.

먹을 수 있는 알맹이들을 정리하고 나온 이파리들은 밭에 다시 던져뒀다. 시들고 썩어 분해되면 다시 흙으로 돌아가 내년의 작물에 양질의 영양이 될 것이다. 내가 텃밭을, 자연을 좋아하는 이유는 이런 단순한 진리를 몸으로 배울 수 있기 때문이다. 돌고 돌아 순환하는 것들. 서로가 서로의 부분이 되는 유기적인 관계에서 오는 편안함. 아무튼 올해는 끝났다. 내년을 기약한다.

마지막까지도 아낌 없이 전부를 내어준 텃밭을 사랑한다. 이토록 풍성할 수 있을까.

밥 안 먹어도 배부를 만큼 많은 양을 싱싱하고 신선할 때 다 소진할 자신이 없다. 그래서 이번에는 나의 텃밭 친구인 시어머니와 나누기로 했다. 택배로 배송되다가 물러질 것 같은 쌈 채소와 비트 잎은 우리가 집에서 먹고, 튼실하게 잘 자란 배추 두 포기와 대파, 아기자기 귀여운 당근들을 가득 담아 보냈다.

포장 전에 후다닥 짧은 쪽지를 써서 마음도 함께 전했다. 돈으로 치자면 얼마 안 되지만, 밭에서 직접 키운 작물들은 가격으로 비교할 수 없는 가치가 있다. 분명히 그걸 알고 있을 어머님은 우리가 보내는 이 깜짝 택배를 무척이나 좋아하실 것 같다.

주말 농장 1년 차. 꼬꼬마 초보 도시 농부 두 사람의 텃밭이 종료됐다.

물론 육체적으로 힘든 적이야 있었지만, 그렇게 땀 흘리며 작은 노동을 하고 집으로 돌아와 우리가 키운 쌈 채소를 가득 찢어 넣고 고추장 넣고 꼬수운 참기름 쪼르르 따라서 비빔밥 한 그릇 뚝딱 때리고 나면 그렇게 행복할 수가 없었다. '아, 우리가 직접 키워서 먹었다! 오늘의 끼니를 스스로의 힘으로 해결했다!' 그런 성취감으로 1년을 힘들지만 알차고 재밌게 보낼 수 있었다.

성취감 말고도 나타난 변화를 살펴보자면, 작은 벌레 하나 함부로 죽이지 않게 됐다. 나는 벌레를 싫어하는 걸 넘어 끔찍하게 혐오하는 사람이었다. 그냥 무서웠고, 징그러웠고, 싫었다. 집에 벌레가 나타나면 내가 직접 잡지도 못하고 남편에게 죽여달라고 애원했다. 우스갯소리로 아내 때문에 자기가 평생 살생을 너무 많이 하게 됐다고 말하던 남편이었다.

그런 나에게 텃밭과 함께 놀라운 변화가 찾아왔다. '벌레도 생명이다. 함부로 죽여서는 안 된다. 불가피한 상황이 아니라면 죽이지 않는다. 풀어준다.' 그런 마음이 깃들었다.

그건 아주 자연스러운 변화였다. 호미질을 할 때도 혹여나 땅속에 있을 지렁이가 다칠까봐 살살 팠고, 배춧잎에서 사는 배추애벌레는 나무 막대기로 떼내어 휘이 하고 밭 아래 야생 땅으로 보내주었다. 텃밭에서 깃든 마음은 집에서도 이어졌다.

어쩌다 우리 집에 들어온 무당벌레와 거미는 창문 열고 밖으로 내보냈고, 작은 날파리들은 입으로 호 불어 그냥 내 주변에서 날려 보냈다. 어차피 며칠 살지도 못하는 애니까, 집에서 그냥 함께 살자는 마음이었다. 비 올 무렵 산책길 인도에서 만나는 달팽이와 지렁이는 다른 사람들 발에 밟힐까봐 꼭 잔디밭으로 옮겨주었다. 이런 변화는 내게 있어 굉장히 신선했다. 자연과 조금 더 가까워진 관계를 뜻했으니.

텃밭에서 직접 작물을 길러 먹어보고 나니 만물에 감사한 마음이 든다. 햇빛, 바람, 비, 땅, 땅속에 사는 곤충, 미생물들…….
이 모든 것이 없었더라면 텃밭의 작물은 절대 혼자 크지 못하고, 먹을 게 없는 인간 역시 지구상에 존재할 수 없다.

너무나 당연하게 나는 환경을 지키기 위해 노력하게 됐다. 책으로 영상으로 보는 것의 천 배 만 배만큼, 내가 환경을 지켜야 하는 이유를 텃밭에 가면 느낄 수 있었다.

때론 번거롭고 힘들지라도 내 손으로 직접 길러 먹는 기쁨은 무엇과도 바꿀 수 없는 소중한 경험이고, 살아 있는 경험이었다.

대파 집착

몇 년 전 공급 부족으로 인해 대파 값이 천정부지로 오르면서 '파테크'라는 신조어가 생겼다. 파값이 너무 비싸니, 파를 한 단 사면 위에는 잘라서 먹고 뿌리 부분은 화분에 심어서 길러 먹는 게 유행처럼 돌면서 생긴 말이었다.

너도나도 화분에 심고 물컵에 넣어 기르며 대파를 키워 먹을 때, 우리 부부는 5평짜리 작은 텃밭에 대파 모종을 심었다. 파값이 그렇게까지 오를 줄 모르고 약소하게 서른 개 정도를 심었다. 얼마 지나지 않아서 그중 몇 개가 말라서 죽고, 몇 개는 물러서 죽었다.

다시 서른 개의 새 대파 모종을 사다가 그 자리에 촘촘히 채워 심었다. 물만 주면 쑥쑥 크는 상추 모종과 다르게 대파는 곧잘 죽어서 내 마음을 뒤흔들어놓곤 했다. 키우기 쉽지 않은 작물이었다. 그래서 밤낮없이 상태를 확인하며 애지중지 길렀다.

대파는 우리 집 식비 절약의 일등 공신이었다. 집에서 해 먹는 음식 중 대파가 안 들어가는 요리가 없는데, 그런 대파를 직접 텃밭에서 기르고 있으니 아까워서 찔끔 넣는다거나 마지막까지 알뜰하게 써보겠다고 잘게 썰어 냉동해놓는 법 없이 그냥 매일 풍족한 마음으로 넉넉하게 팍팍 쓸 수 있었다.

게다가 계절을 타는 다른 작물과 달리 대파는 봄부터 초겨울까지 무럭무럭 자라니 효자 중에서도 으뜸 효자였다. 대파를 수확해서 집으로 돌아오는 길에는 맵쌀한 대파 냄새가 내 뒤를 졸졸 따라왔다. 아, 이 맛에 직접 농사지어 먹는 거구나. 그렇게 대파를 향한 나의 애정은 점점 깊어져만 갔다.

대파를 심고 보면 절반 이상이 늘 죽어버리니까 애초에 많이 심는 걸로 남편과 암묵적 합의를 보았다. 서른 개에서 시작한 대파 모종 심기는 절기마다 심는 양이 점점 늘어나더니 올해 밭 크기를 키우면서 아예 한 판을 '플렉스'해버렸다. 이백 개.

넉넉하게 심어서 사계절 내내 잔뜩 수확해 먹을 요량으로 밭의 많은 지분을 대파에게 내주었다. 대파 값이 안정적으로 내려가며 파테크 유행은 이미 지났고, 우리 부부가 대파를 먹는 양이 급작스럽게 많아진 것도 아니지만 그저 대파를 아주 많이 키우고 싶었다. 몇 년간 텃밭을 가꿔오면서 다른 작물들은 그래도 얼추 기를 줄 알게 됐는데, 대파는 아직도 키우기 어려워하는 마음도 한몫했다.

올해 심은 대파는 땅에 적응도 곧잘 했고, 이제 굵어질 때까지 키워서 먹기만 하면 된다고 생각했던 그때, 대파 모종이 비 한 번 올 때마다 맥없이 픽픽 쓰러지며 죽어나갔다. 절반쯤 죽자, 역시 이번에 대파를 두 배 이상 심길 잘했다고 위안 삼았는데, 끝내 처음의 10퍼센트도 안 남고 다 죽어버리자 할 말을 잃었다. 도대체 우리 집 귀염둥이 대파들에게 무슨 일이 벌어진 건가.

대파는 습기에 약해서 상추처럼 물 좋아하는 작물과 다르게 흙이 마를 때에만 물을 주어야 한다. 그렇다고 너무 건조해도 금방 말라 죽어버리니, '적당한' 관심을 주면서 길러야 하는 작물이다. 몇 년에 걸쳐 대파의 습성을 알게 됐고, 물도 자주 주지 않으려고 노력했다. 그랬는데도 결국 대파가 물러서 죽어버렸다.

이건 분명 갑작스럽게 몇 날 며칠이고 너무 많이 내린 봄비 탓인 듯했다. 그러니까 과습이 원인이라고 짐작했다. 그런데 같은 양의 비가 내린 이웃 텃밭의 대파는 여전히 싱그러운 것을 보면서, 꼭 그런 것만도 아니라는 사실을 인정해야만 했다.

가장 푸르러야 할 5월의 텃밭이 머리가 훌러덩 벗겨진 것처럼 갑작스럽게 황량해진 것을 보면서 마음이 허탈해졌다. 죽어버린 대파 자리에는 다시 새 모종을 사다가 심으면 그만이지만, 황량한 밭을 보면서 느꼈다.

'우리가 대파에 집착하고 있구나.'

아마 유난히 대파가 키우기 힘들다고 느꼈던 것은 우리의 집착 때문일지도 모르겠다.

사실 우리 부부에게 모종 이백 개만큼의 대파는 필요 없다. 그보다 반의 반 양으로도 두 사람이 충분하게 먹을 수 있음에도 해마다 더 많은 대파를 심은 것은, 실패하지 않고 제대로 더 많은 양을 키워보고 싶은 욕심 때문이었다. 밭에서 대파가 차지하는 지분이 점점 더 많아질수록 시들어 죽으면 안 된다는 강박이 강해졌고, 그 마음은 과한 관심이 되어 역효과를 냈다.

내게 필요한 만큼 다양한 종류의 작물을 조금씩 심어서 텃밭을 가꿀 때는 한두 가지 작물의 수확에 실패하더라도 타격이 없었다. 내게는 다른 작물들이 있으니까. 그러나 대파가 밭의 반 이상을 차지하고 나니 실패하면 안 된다는 마음이 생겼다. 대파 키우기에 실패하면 밭에서 보냈던 수개월의 시간과 노동의 가치마저 몽땅 사라질 것만 같았다.

대파에 집착하지 않았더라면 텃밭의 반 이상을 대파에게 내어주는 일도 없었을 거고, 설사 내가 키우는 대파 모종이 몽땅 죽어버린다 하더라도 이렇게 큰 타격을 받지도 않았을 거다.

그러고 보면 아무 생각 없이, 다소 가벼운 마음으로 시작했던 일들이 더 술술 잘 풀리고 성과도 좋았던 경우가 많았던 것 같다. 애초에 기대하는 바가 거의 없기 때문에 어떤 결과가 나와도 만족하게 되는 효과도 있었을 테고.

매년 텃밭에서 가장 잘 자라는 것들은 잘 클 거라 기대하지 않았던 작물이었다. 가령, 그냥 자리가 남아서 한번 심어보았다던가, 올해는 시험 삼아 모종 한두 개 정도만 키워보겠다고 심은 것들. 이런 작물들은 더하지도 덜하지도 않은 적당한 애정을 받으며 무럭무럭 컸다.

나는 아직도 왜 그렇게 우리 텃밭의 대파만 몽땅 죽어버렸는지 정확한 이유를 알지 못한다. 그러나 한 가지 확실하게 알게 된 것은 대파가 다 죽어서 힘든 게 아니라, 성공 여부에 집착하는 마음이 나를 힘들게 했다는 사실이다.

집착은 언제나 기대를 낳고, 기대에는 실망이 짝꿍처럼 함께 오곤 한다. 이만큼 많이 심었으니까 이만큼 많이 수확할 거야! 반드시 그래야만 해! 자연이 내게 빚진 건 하나도 없는데, 나는 마치 자연에게 내가 해준 만큼 돌려 받아야 한다는 듯 굴었다.

그러니 대파를 얼마나 수확하든 간에 나는 만족하지 못했을 것이다. 이백 개의 대파가 몽땅 죽어버리고 황량해진 5월의 텃밭이 슬펐던 것은 그곳에 투영된 나의 집착이 너무 여실하게 보였기 때문이었다. 내가 많이 심는다고 수확이 풍년인 것도 아니고, 관심을 많이 주거나 적게 준다고 해서 흉작과 풍작이 결정되는 것도 아니다. 나의 리틀 포레스트 농장에 가장 결정적인 역할을 하는 것은 언제나 자연 그 자체다.

내가 할 일은 그저 해가 잘 드는 곳에 모종이나 씨앗을 심어주고, 비가 안 오면 물을 잘 주는 일. 필요한 만큼만 심고 가꾸며, 자연의 순환을 믿고 따르며 하루하루 최선을 다해 사는 일. 그 외에는 모두 자연의 흐름에 내맡기기. 내가 통제할 수 없는 이 불확실성이, 생계형이 아닌 텃밭을 가꾸는 나의 재미를 더 극대화한다.

이토록 호사로운 캠핑

비가 올 거라던 일기예보와 달리 날씨가 너무 좋아서 즉흥적으로 당일 예약 후 곧바로 여행을 떠났다. 숲속으로의 캠핑이었다.

짐은 한 번에 둘이 들 수 있는 만큼만 가져왔고, 음식은 간단하게 집 근처 상점에서 포장해서 먹었다. 그리고 남는 모든 시간은 아무것도 하지 않는 데에 썼다. 저녁에는 데크에 가만히 앉아 산 너머로 저무는 호젓한 일몰을 감상했다. 무척이나 따스하고 황홀한 시간이었다. 일몰은 눈 깜짝할 새에 지나갔지만, 그 시간을 오롯이 즐긴 여운은 오래도록 남았다.

해 뜨기 직전, 먼저 잠에서 깬 숲속의 새들이 마음껏 지저귀는 소리를 들으며 나도 잠에서 깼다. 아직 곤히 자고 있는 남편을 뒤로하고 조심스럽게 텐트 밖으로 나왔다. 따뜻한 차를 한 잔 끓여 마시다보면 새벽 공기에 잔뜩 움츠러드는 몸도 살살 부드럽게 풀린다.

자동차 경적 소리도, 분주하게 출근하는 사람들도 없는 숲속에서의 아침은 온통 자연의 소리로 가득하다. 텐트 위 나무에서 새벽부터 나를 시끄럽게 깨운 딱따구리의 흔적을 찾아보기도 하고, 처음 보는 꽃이나 곤충을 관찰하기도 하지만, 대체로 나는 아무것도 하지 않는다. 그렇게 보내는 시간 속에서 내 마음에는 고요와 평화가 깃든다.

우리 부부는 언제나 아무것도 하지 않기 위해 캠핑을 떠난다. 아무것도 하고 싶지 않아서. 내가 원하는 것은 그저 자연 속에서의 휴식뿐이다. 숲속에 있으면 특별히 무얼 하지 않아도 좋다. 마음이 언제나 충만해진다. 자연만으로 이미 충분하기 때문이다. 그 마음을 잊을 만하면 캠핑을 하러 간다.

하룻밤 자는 집 짓는 데에 너무 많은 시간을 쓰는 게 아까워서 텐트는 지붕을 하늘 끝까지 들면 휘리릭 하고 완성되는 3초 원터치 텐트로 구비했다. 침구는 집에서 평소에 덮고 자는 이불을 보자기에 꽁꽁 싸매서 들고 다닌다.

주방 용품, 세안 용품, 개인 용품으로 채운 딱 하나의 캠핑 박스와 캠핑 의자, 자동으로 공기가 주입되는 매트가 우리 부부가 가진 캠핑 용품의 전부다. 캠핑을 위한 쇼핑 카테고리에는 고급스럽고 세련된 물건이 어마어마하게 많지만, 그중 우리 부부가 선택한 것은 거의 없다. 그 대신 캠핑장에서의 시간을 중세 시대 귀족처럼 아무것도 하지 않고 아주 호사스럽게 쓴다.

가지고 가는 짐이 적으니 캠핑 사이트와 주차장 간의 거리가 멀어도 개의치 않고, 텐트는 딱 두 사람 누울 정도의 크기이니 데크가 얼마나 큰지도 신경쓰지 않는다. 전기를 사용하는 도구 하나 없으니 전기를 못 쓰는 캠핑장이어도 오케이, 샤워는 하루쯤 건너뛰면 된다는 마음으로 온수가 안 나와도 오케이, 특별한 요리도 안 해 먹으니 바비큐가 안 되어도 오케이, '불멍' 안 해도 오케이!

하룻밤 자는 데에 필요한 조건이 없으니 어딜 가도 상관없고 그래서 늘 자유롭다. 설치하거나 정리해야 하는 물건이 없기에 아무것도 안 해도 되는 환경이 만들어지는 것이다.

캠핑장에 도착한 지 10분도 안 되어 텐트와 의자 설치를 마치고, 맥주나 커피를 마시며 해피 아워를 즐긴다. 출출할 때쯤 집에서 미리 만들어 온 밀키트로 음식을 끓여 먹거나 근처 식당에서 포장해 온 음식을 먹는다. 그리고 책을 읽거나 캠핑장 주변을 산책하거나, 물놀이하거나, 낮잠을 잔다.

캠핑하는 모습이 이렇다보니 경관이 수려하거나 시설이 호텔 5성급만큼 편리해서 몇 달 전에 예약해야 갈 수 있는 사설 캠핑장보다는 국립공원을 선호한다. 장작 태우기도 안 되고, 바비큐도 안 되고, 와이파이는 당연히 없고, 전기는 물론이거니와 온수가 안 나오는 곳들도 많다.

친환경적으로 관리하는 곳은 사람들이 자주 드나드는 화장실에도 약을 치지 않아서, 볼일 볼 때 양옆으로 벌레들이 윙윙 날아다니기도 한다. 가끔 날아다니는 벌레가 엉덩이에 붙을까봐 조마조마한 심정으로 볼일을 서둘러 끝내기도 하지만, 그런 곳에 가면 마음만은 편안하다. 그 누구도 불편하지 않은, 어디에도 해롭지 않은, 그런 환경에 내가 조화롭게 놓여 있다고 생각할 때만 느낄 수 있는 독특한 평화로움이 있다.

인간의 흔적을 최소한으로 새긴 온전한 자연 속에서는 시간도 도심에서와 다르게 흐른다. 그런 곳에서 하룻밤 아무것도 하지 않은 채 조용히 머물고 나면, 또다시 분주한 도심 속에서 단단한 마음으로 조용히 살아갈 수 있는 힘을 얻는다. 소음으로부터의 해방, 자연에서 치유 받는 캠핑.

1박 2일 숲속에서의 캠핑을 마치고 나면 늘 깨닫는다. 언제 어디서나 모든 걸 꼭 다 갖추고 살 필요는 없구나, 오히려 없어도 크게 지장 없다는 마음이 나를 더 자유롭게 하는구나. 그보다 더 필요한 것은 아무것도 하지 않는 시간이구나.

(3장)

서툴러도 스스로 서고 싶어

내 인생 첫 오픈런

이사를 하거나 다니던 주말 농장이 문을 닫을 때면 새로운 농장을 찾는다. 1년간 농장을 오가며 친해진 이웃 텃밭 주민들과 헤어지는 것 또한 자주 반복하고 있는데 해마다 겪는 이별만큼은 좀처럼 익숙해지지 않는다.

매년 새로운 농장을 만나는 건 쉬운 일은 아니다. 지역마다 농장의 분위기가 많이 다르고, 분양 받는 방법, 물 주는 방식, 운영하며 따라야 하는 규칙이 모두 다 다르기 때문에, 매년 새로운 주말 농장에서 다시 처음부터 적응하는 시기를 거치고 있다.

그래도 구태여 한 가지 좋은 점을 꼽아보자면, 덕분에 각종 텃밭 경작 노하우를 빠르게 습득할 수 있다는 점이다. 텃밭마다 지형이나 흙의 주요 성분, 바람이 지나다니는 방향이나 해가 저무는 방향, 볕의 양이 전부 다르다. 이런 것들은 텃밭 작물에 대단히 큰 영향을 끼치고, 그래서 농장마다 잘 되는 작물과 아무리 노력해도 유난히 잘 안 되는 작물이 생긴다.

더 신경 써서 챙겨야 하는 부분이 다르고, 어느 정도 내려놓아야 하는 부분이 다르기 때문에, 매년 우리 부부는 새로운 농장의 성격과 텃밭의 성질을 파악하고 경작을 시작한다. 그리고 이런 시작이 쌓여 비교적 짧은 기간 내에 땅과 농작물에 대한 이해도를 키우는 데 많은 도움이 됐다.

한 해는 지형이 너무 심하게 경사져서 물이 스며들 새도 없이 흘러 내려가버리고, 잡초 좀 뽑으려고 쭈그려 앉으면 몸이 갸우뚱하고 기울어지는 밭을 만난 적이 있었다. 그 농장은 십수 년 이상 경작해온 분들이 많아서 그들만의 자율적인 규칙과 제한이 있고, 사장님의 개입이 거의 없어서 꽤나 어수선한 농장이었다. 대안이 있었다면 주저 없이 텃밭을 다른 곳으로 옮겼을 텐데, 찬밥 더운밥 가릴 처지가 아니었던지라 분양을 받고 1년간 또 열심히 가꿨다.

재미있는 건 그해에 텃밭에 대해 제일 많이 배웠다는 것이다.

물이 고이는 땅에서는 어떤 작물을 심어야 괜찮은지, 큰 나무 아래 그늘져 볕을 거의 못 보는 곳엔 어떤 작물을 심으면 안 되는지, 물을 많이 먹어 대파가 물러지고 처음으로 깻잎에 병충해를 얻으며 몸으로 배웠다.

제일 많이 실패했는데, 덕분에 더 많은 경험으로 더 많이 성장했다. 마음에 안 드는 것투성이였던 텃밭은 오히려 자유롭게 이것저것 심고 도전하는 기쁨을 주었다.

아쉽게도 그해에 가꾸던 텃밭도 1년 경작이 마지막이었다. 신도시 개발과 함께 땅이 팔리면서 주말 농장이 폐쇄됐다. 내가 사는 곳 인근의 주말 농장은 대부분 신도시 개발 예정인 지역에 위치해 있었기 때문에, 다음 주말 농장을 찾기가 어려웠다. 겨우 찾은 다른 주말 농장도 새로운 도로가 들어선다는 발표가 나면서 급작스럽게 문을 닫았다.

매년 새 아파트와 새로운 도로가 끊임없이 건설되고 개발되는 신도시에서 땅 밟고 흙 만지며 농사를 짓는다는 건 꿈같은 이야기였다. 해마다 꿈처럼 어려워지고 있다. 시멘트 바른 땅이 많아지면 야산과 야생의 밭에 모여 살던 작고 연약한 동식물들은 모두 어디로 가는 걸까? 그때부터 도심 속에서 먹이를 찾아 헤매는 비

둘기를 새로운 시선으로 보게 되었다.

아쉬운 대로 아파트 작은 베란다에 스티로폼이나 화분을 이용해 소소하게 쌈 채소, 부추, 대파 정도를 심어 키우고 살아볼까, 실내에서도 잘 자라는 블루베리 과실수라도 키워볼까 하며 차선책을 강구했다. 그래도 마음 한 곳이 헛헛했다. 더는 텃밭을 가꿀 수 없다고 생각하니 너무 서운했다. 텃밭에 품은 나의 애정이 생각보다 훨씬 컸다.

그러던 어느 날, 인터넷을 뒤지고 뒤져서 카페에서 댓글 하나를 봤다. 동네 사람들만 알음알음 이용하는 주말 농장 하나가 있다고. 인터넷에 나와 있지 않은 그 주말 농장의 전화번호를 겨우 입수했다. 텃밭 분양은 특이하게 유선 예약이 아니라 현장 선착순으로 진행되었다.

현장 예약하는 날짜를 달력에 표시해두고 손꼽아 기다렸다. 선착순에 들기 위해 오전 일곱 시에 집을 나섰다. 아직 개장까지 한 시간이나 남았지만, 이미 농장은 분양을 받으려는 사람들로 소란스러웠다.

한 줄로 서서 내 차례를 기다리는데, 앞줄에서 신경전과 실랑이가 이어지며 대기 줄에 긴장감이 맴돌았다. 혹시 남은 밭이 없으면 어쩌나 내심 조마조마했다. 아, 백화점 명품관 앞에서 오픈런하는 사람들이 이런 심정인 걸까. 내 인생 첫 오픈런 경험이 주말 농장 텃밭 계약이 될 줄이야. 남아 있는 밭이 어느 밭이든 상관없이 무조건 계약하겠다는 마음이었다.

다행히 좋은 위치의 밭이 남아 있어 무사히 계약했다. 허리를 굽히고 손을 뻗어 만져본 우리 밭의 흙은 시원하니 촉촉했다. 그늘 없이 해 잘 들고, 가리는 것 없이 바람 잘 드나드는 위치라 농작물 키우기에 최상의 조건이었다. 매년 새로운 텃밭을 만날 때마다 느끼는 설렘에는 생생한 활력이 깃든다.

오랜만에 카스텔라처럼 폭신한 흙을 밟으며 앞으로 1년간 우리의 밭이 될 땅과 인사를 나눴다. 작년 분양 비용에 비해 두 배 비싸지만, 대신 밭 크기가 두 배가 됐다. 올해는 나의 오랜 소망이었던 고구마와 감자 등 구황작물을 심어 키워 먹어보기로 결심한다.

다행히 올해의 텃밭은 또 이렇게 가꿀 수 있게 됐지만 내년의 텃밭은 어떻게 될지 지금으로서는 예측 불가능이다. 가능만 하다면야, 올해처럼 텃밭 오픈런을 자처하며 열심히 신청할 텐데, 매년 주말 농장이 급속도로 줄어들고 있다는 사실에 아쉬움을 감출 수가 없다.

도시재생 사업을 필두로 전국 각 지자체에서 운영하는 공공텃밭이 엄청나게 활성화되었다가 요즘은 해마다 줄어들고 있다는 기사를 보았다. 봄가을이면 은은하게 퍼지는 퀴퀴한 가축분 퇴비 냄새와 시유지의 사유화 등 몇 가지 문제를 안고 있던 공공텃밭 대신 모두가 함께 누릴 수 있는 분수대, 공원, 어린이 놀이터가 지어지는 모양새다.

내가 이전에 이용했던 주말 농장 두 곳에도 반짝반짝 새 아파트와 빌딩, 매끈한 도로가 들어설 예정이다. 텃밭을 사랑하는 사람으로서 너무 아쉬운 변화지만, 어쩔 수 없겠지.

도시와 자연을 함께 누릴 수 있던 주말 농장이 점점 사라지면서 마음속이 소란스럽다. 요즘 들어 편리한 도시 생활과 불편하지만 자연과 함께하는 시골 생활을 저울에 올려두고 지내는 날이 잦아졌다. 언젠간 둘 중 하나만을 선택해야 하는 날이 올 것이다. 되도록 그날이 천천히 오기를.

몇 번 더 실패하면 어때

첫 농사를 짓던 해, 주말 농장 사장님은 특정 작물을 심을 시기가 다가오면 농장 한쪽에 모종을 종류별로 늘어놓고 판매했다. 덕분에 우리는 시기를 놓치지 않고 때마다 작물을 심을 수 있었다.

나의 목표는 다품종 소량 생산이었기 때문에 새로운 작물이 보일 때마다 망설이지 않고 죄다 사서 심었다. 문제는 농사가 처음인지라 뭐가 뭔지 제대로 구별하지 못했다는 것이다.

지금이야 한 번쯤 키워본 작물들은 손톱만큼 새싹 나온 것만 봐도 어느 정도 구별할 수 있는데, 그때는 이파리가 손바닥보다 커져도 어떤 작물인지 잘 몰랐다. 어떻게 그럴 수 있냐 싶겠지만,

그 정도로 몰랐다.

어느 날 농장 사장님한테서 양배추 모종 세 개와 케일 모종 세 개를 한꺼번에 샀다. 양배추는 쪄서도 먹고 샐러드로도 먹고, 케일은 쌈 싸 먹다가 지겨워지면 직접 키운 당근과 갈아 주스를 만들어 마셔도 좋겠다는 원대한 포부를 가지고 정성껏 심었다.

그런데 시간이 갈수록 양배추와 케일 자라는 모습이 너무 비슷해서 헷갈리기 시작했다. 주변 사람들에게 도움을 청하며 물어봐도 뾰족한 답이 안 나왔다. 어떤 이는 전부 양배추라고 했고, 어떤 이는 전부 케일 같다고 했다.

각각 양배추와 케일이라며 모종을 팔았던 농장 사장님조차 지금 다시 보니까 모두 케일인 것 같다며 지금 빨리 안 따주면 웃자란다고 훌쩍 커버린 겉잎을 몽땅 따주었다. 쌈 싸 먹기엔 억세졌지만 갈아 먹기에는 괜찮은 상태였다. 딴 양이 너무 많아서 이웃분들에게도 넉넉하게 나눠 드렸다.

그런데 아뿔싸, 조금 더 크고 나자 여섯 개의 모종이 전부 양배추였던 걸로 판명 났다. 그때 내가 제일 먼저 인터넷에 검색했던 것은 '양배추 겉잎을 그냥 먹어도 되나요?'였다. (다행히 오히려 겉잎에 비타민이 풍부하다고 한다.)

더 공부해보니 양배추는 속이 다 찰 때까지 크게 자라는 겉잎을 뜯으면 안 된다고 하는데, 케일인 줄 알고 양배추의 겉잎을 싹 뜯었던 우리 부부는 어찌해야 할 바를 몰랐다.

게다가 양배추가 어찌나 크게 자라는지 옆 작물들의 성장을 방해하기까지 했다. 이미 망친 것 같은데 그렇다고 이제 와서 뽑아 죽일 수도 없으니, 다른 작물 크는 데 방해되지 않도록 삽으로 크게 떠서 가장자리 밭으로 옮겨 심었다. 미안하지만 알아서 커 보라며 응원하는 수밖에.

겉잎을 모두 따낸 바람에 금세 죽을 줄 알았던 양배추는 정말로 알아서 잘 커주었다. 떼어낸 잎 대신 새잎이 자랐고, 몇 주가 흘러 속도 차기 시작했다. 약을 안 쳐서 애벌레들이 잎을 많이 갉아먹어서 날마다 벌레를 떼어내느라 고생했지만, 결국에는 그냥 너랑(애벌레) 나랑(인간) 사이좋게 나눠 먹자는 마음으로 내려놨다.

속이 얼추 찼다 싶을 때쯤 양배추를 수확했다. 동그랗고 단단하게 자란 양배추를 줄기에서 똑 떼어낼 때는 그동안 앓던 이를 뽑은 것처럼 속이 다 시원했다. 다행히 안쪽은 벌레들이 건들지도 않아 멀쩡했고 어설프게 키웠음에도 생각보다 실했다. 큼직하게 썰고 쪄서 쌈도 싸 먹고 송송 썰어 떡볶이에도 넣어 먹으면서 '아, 내가 양배추도 키워내다니!' 몹시 뿌듯한 나날을 만끽했다.

게으름을 부리다가 일주일 훌쩍 넘어 텃밭에 갔다. 한참 물도 자주 줘야 하고 해야 할 밭일이 많아서 사나흘에 한 번은 가줘야 하는데, 너무 더워서 두 눈 질끈 감고 안 갔다. 한참을 돌보지 못한 텃밭은 확실히 주인이 늦장을 부린 티가 났다. 상추는 웃자라며 꽃을 피운 바람에 뽑아버렸다. 자주 갔더라면 몇 번은 더 거뜬히 수확해 먹을 수 있었을 텐데 아까웠다.

깻잎도 너무 많이 자랐고, 부추도 수확 시기를 놓쳐 억세져버렸다. 파프리카는 지난번에 열 개 정도 달린 걸 봤는데 물을 안 준 탓에 모두 말라 죽어버렸다. 고작 일주일이라고 생각하며 늦장 부린 결과는 예상보다 더 처참했다.

'다른 건 몰라도 밭일만큼은 분명한 시기가 있는데 내 사정을 들이밀면서 미뤄서는 안 되는 거구나. 그러면 그 해 농사를 다 망쳐버리는 거구나.'

진작 알았어야 하는 농부의 기본자세를 이제야 뼈저린 경험으로 배웠다. 농사를 짓기 전 인터넷으로 검색하고 책으로 들춰본 지식은 말 그대로 지식일 뿐이다. 실전에서, 경험으로, 내 손으로 직접 겪어봐야지만 진짜 내 것이 되며 비로소 '안다'고 말할 수 있는 산지식이 된다.

방울토마토의 줄기는 아무리 잘라내도 다음에 가면 미친 듯이 또 자라나 있곤 했는데, 그제서야 곁순이 무엇인지, 그걸 어떻게 제거해야 하는지 알게 되었다. 한 번 큰 실수를 한 덕분에 양배추와 케일 모종이 어떤 건지 정확하게 배운 것 역시 나의 지식이 됐다.

가지치기한다고 잎을 모조리 떼어내는 바람에 광합성을 못해 팍 죽어버린 단호박 넝쿨과, 수분 공급이 부족해서 말라 죽은 고추와 파프리카도, 실전에서 직접 몸으로 겪은 배움이다. 이는 이다음 농사를 더 잘 지을 수 있도록 해줄 질 좋은 자양분이 될 것이다.

이렇게 해도 되나? 이렇게 하는 게 맞나? 이렇게 하는 건가? 도대체 어떻게 하는 걸까? 이런 과정을 수회, 수십 회를 거친다. 그 과정에서 실패도 하고 작물을 참혹하게 죽이기도 하고, 반성하고 공부하면서 그다음 번 농사를 좀 더 수월하게 해낼 수 있는 농사꾼이 되어가는 것 아닐까.

나는 텃밭 농사를 통해서 실패해도 괜찮다는 것을 거듭 배우고 있다. 아니, 처음에는 실패하는 것이 당연하다는 사실을, 그러니까 너무 걱정하지 말고 망설이지 말고 하고 싶은 대로 해봐도 괜찮다는 것을 배우고 있다.

내년에는 양배추와 케일을 안 심을 거고, 오이고추보다는 청양고추와 꽈리고추를 심을 거고, 여름 과일 한 종은 무조건 심을 거다. 넝쿨은 넝쿨끼리 쌈 채소는 쌈 채소끼리 구획을 철저히 나눠 심을 거고, 방울토마토와 호박 넝쿨은 아주 크게 올려줄 거다.

나의 이런 계획은 올해의 실패와 성공을 통해 만들어졌다. 올해 그냥 해보고 싶은 것들을 마구 해보면서 경험을 쌓았다. 그러면서 우리 식구의 식성을 파악했고, 가꾸기 쉬운 것과 가꿀 때 내 기분이 좋아지는 것 등을 조합하여 우리 부부 120퍼센트 맞춤 농장을 만드는 데에 한 걸음 나아갔다.

내년에는 올해보다 조금 더, 그다음 해에는 내년보다 조금 더 나다운, 우리다운 텃밭으로 성장하게 될 테지. 그 과정에서 몇 번이나 더 실패할 거고, 텃밭 따위 지겨워져서 아예 그만두어버릴 수도 있겠고, 조금 더 자급자족에 가까이 가고 싶은 맘에 땅을 사거나 홀연히 시골로 내려갈지도 모른다.

그게 뭐든, 어떤 선택을 하든, 모두 첫 농사의 작은 실패에서 기인한 것일 테다. 그러니 오늘의 실패가 더는 두렵지 않다.

굳이 그렇게까지 해야 해?

9월의 텃밭. 좀 늦었다. 여름 끝물에 늦장마가 길게 온 탓이다. 늦장마 핑계에 어물쩍거리다가 가을작물을 필히 심어야 한다는 황금 시기를 몽땅 날려버렸다.

이틀 전에 드디어 비가 그쳤고, 해 질 무렵이 돼서야 "오늘이야!" 하고 후다닥 옷을 챙겨 입고 9월의 텃밭을 향해 자전거 타고 신나게 달렸다. 이제 단골이 된 종묘사에서 가을 농사 시작에 필요한 것들을 뚝딱 구입하고서.

서두른다고 했는데도 이미 해가 지고 있다. 마음이 급해졌다. 다행히 8월 말에 남편이 미리 퇴비를 섞고 땅을 속아둔 덕에 후다닥 구획을 나눠 모종이든 씨앗이든 심기만 하면 되었다. 텃밭에 도착한 우리는 푸성귀, 파, 쪽파, 배추와 겨울 무를 심었다. 이제는 둘이 호흡도 잘 맞고 알아서 척척 나눠서 하니 금세 끝났다.

마지막으로 물을 흠뻑 주고 나니 해가 완전히 졌다. 가로등 하나 없는 텃밭은 너무 깜깜해서 도무지 길과 밭을 구별하기 어려웠다. 잘못하다간 이웃의 텃밭을 밟아버리는 수가 있으니 핸드폰 불빛에 기대어 조심스럽게 빠져나왔다. 그러곤 모기떼를 피해 도망치듯 밭을 떠났다.

이틀 정도 지났을까. 새싹은 올라왔는지, 모종은 땅에 뿌리를 잘 내렸을지 궁금해져 텃밭에 다녀왔다. 봄에 처음 텃밭에 이것저것 가꿀 때로 돌아간 것처럼 가는 길 내내 기대되고 설렜다.

씨앗은 (당연하게도) 아직 소식이 없지만, 쪽파 구근은 어느새 땅을 뚫고 싹이 나오고 있고 부추도 많이 컸다. 이맘때 텃밭이 가장 귀엽다. 저녁에 급하게 와서 대충 심고 도망치듯 떠났음에도 모종들은 이틀 동안 알아서 낯선 땅에 뿌리내리며 생명을 피워내고 있었다.

가만히 쭈그려 앉아 아기같이 여린 이파리들을 조심스레 만져보면 모종으로 있었을 때와 다른 생명력이 손끝에 전달된다. 팡팡 하고 심장이 뛰는 느낌. 굳이 누군가 내게 가르쳐주지 않아도 나는 단번에 느낄 수 있었다. 너희들, 땅에 벌써 적응했구나! 기특하게 앓지도 않고 금방 뿌리를 내렸구나!

시어머니는 가을 농사가 제일 좋다며 '가을 농사는 행복한 선물'이라고 표현했다. 나는 가을 농사를 시작하자마자 어머님 말씀을 백번 이해했다. 여름과 달리 햇살이 뜨겁지 않고 부드럽다. 바람은 시원하고 모기도 없다. 무엇보다 작물들이 봄보다 훨씬 빨리 잘 자란다. 정말이지, 가을 농사는 행복한 선물이다.

그로부터 딱 두 달이 지났다. 가을 농사는 무탈했고, 무엇보다 배추가 잘 자라주었다. 가진 땅이 작기에 부러 욕심내지 않고 넉넉하게 간격을 벌리고 배추 모종 딱 여섯 개만 드문드문 심었다. 그랬더니 확실히 다른 텃밭과 비교하여 우리 텃밭의 배추 성장 속도는 남달랐다.

먼저 심은 옆집 텃밭의 두 배 이상 크게 자라던 기특하고 귀여웠던 배추. 덕분에 "어휴, 배추 참 잘 키우셨네요. 젊어 보이는데 농사가 처음은 아닌가봐요"라는 칭찬도 드물지 않게 들었다.

그동안 배추를 숱하게 먹으면서도 몰랐다. 배추가 이렇게 예쁜 줄은. 배춧잎은 어떤 작물보다도 꽃처럼 아름답게 피어나며 자란다. 텃밭에 갈 때마다 감탄을 불러일으키는 어여쁜 배추를 보면서 열 개는 심을 걸 그랬다며 후회했다.

모종 여섯 개 중 네 개가 살아남아 무럭무럭 컸고, 그중 두 포기의 배추를 먼저 수확했다. 집도 작고, 냉장고도 작고, 김치통도 작은데 하필 배추 크기는 어마어마해서 김치를 두 번에 나눠 담가 먹기로 했기 때문이다.

처음으로 집에서 담가 먹어보는 배추김치였다. 텃밭에 손가락보다 작은 크기의 배추 모종을 심고, 배추 애벌레도 잡고 물도 주며 속이 다 찰 때까지 기다렸다가, 수확하여 배추를 씻고 소금에 절이고 밀가루 풀을 쑤고 양념을 만들어 버무리고, 익을 때까지 기다리는 시간.

배추가 텃밭에서 식탁에 오르기까지 딱 3개월 걸렸다. 자급자족이라는 꿈에 부풀어 시작한 일의 갈무리가 직접 담가 먹는 배추김치라니, 멋진 일이다. 마트에서 쉽게 만나던 채소들을 하나하나 내 손으로 직접 키워 먹는다는 게 생각만큼 쉽지는 않았다. 쉽지 않기에 더 값진 결실이었다.

값진 농작물. 김치를 만들고 나온 배추의 겉잎조차 버리기 아까웠다. 직접 살림을 하기 시작한 이후 처음으로 배추 겉잎 한 장도 버리지 않았다. 내 손으로 하나씩 직접 일군 것은 이렇게나 다른 것이다. 이게 진짜 유기농인데!

조심스럽게 한 잎 한 잎 떼어내어 씻어 살짝 데쳐서 시래기를 만들었다. 시골집은 처마에 매달고, 아파트에서는 베란다에 널면 되지만 도시 속 오피스텔에 사는 우리 부부는 볕이 가장 잘 드는 거실 창문에 시래기를 매달았다. 낮에는 창문을 활짝 열어 바람도 듬뿍 쐬어줬다. 가을바람에 살랑살랑 움직이는 데친 배춧잎을 보면서 뿌듯해하는 내 모습에 웃음이 났다. 이게 뭐라고, 이렇게 기분이 좋은 걸까.

꼬들꼬들 말랑말랑하게 말린 시래기는 돌돌 말아서 통에 담아 냉동실행. 냉장고가 텅 비어 먹을 게 없는 날, 이 시래기 뭉치는 우리 집 식탁 위에서 비로소 빛을 발휘할 것이다. 처마도 베란다도 없는 집에서 용케도 잘 말렸다.

모든 것을 시간 대비 효율성과 비용으로 상정할 때는 결코 할 수 없었던 (혹은 하지 않했던) '굳이 그렇게까지 해야 해?'라는 말을 들을 법한 일들을 지금은 기꺼이 한다. 그 일들을 즐거운 행위로 재미나게 알콩달콩 해내며 살고 있다. 미래의 내가 혹시 지금 이 순간을 회상하는 때가 온다면 이렇게 생각할 것 같다.

'참 잘 살았다. 인생 참 잘 살았어.'

그냥 지금의 나는 이런 생활이 지금 내가 할 수 있는 가장 '잘 사는 삶'인 것 같다. 그래서 모든 행동에 애씀 하나 없이 자연스럽게 흘러간다. 이번에 담근 김치를 어서 먹고 마지막 배추 수확해서 텃밭 갈무리도 해야지. 덕분에 1년간 행복했다.

별종은 별종을 알아본다

예단, 예물, 스튜디오 촬영을 비롯하여 결혼반지조차 없이 결혼식을 치르고, 결혼 2년 만에 한국 생활을 모두 정리하고 약 1년간 세계 여행을 다녀오고 나니, 우리 부부는 '별종'이 되어 있었다. 내 딸만 별종인 줄 알았는데, 어쩜 신랑도 똑 닮은 사람으로 만난 거냐며 신기하다고 웃는 엄마 옆에서 나는 그저 빙그레 웃었다.

둘이서 800킬로미터 산티아고 순례길을 완주하질 않나, 코로나19 긴급 구호 요청을 보고 하루아침에 포항으로 내려가 두 달을 머물며 의료지원을 하질 않나, 자기들 이야기로 책을 써보겠다며 방에 콕 틀어박혀 글을 쓰는 건지 노는 건지 모를 모습을 보이질 않나……. 재취업할 생각은 요원해 보이는 자식들을 지켜보면서 부모님은 많이 불안했을 것 같다. 우리가 아무리 별종이라지만 빨리 직장에 다시 취직해서 돈 벌고 자리 잡아 아이도 하나 둘 낳고 알콩달콩 남들처럼 사는 모습을 보여주기를 바랐을지도 모르겠다.

엄마가 겉으로 단 한 번도 내색하지 않았던 마음을 처음으로 표현한 건 내가 진짜 우리 이야기로 책을 출간한 이후였다. 결혼부터 세계 여행, 그 이후 약 1년간의 삶을 미니멀리즘으로 담아낸 에세이였는데, 그 책을 읽고 엄마는 내게 이렇게 말했다.

"이제 너희 걱정은 안 한다."

텃밭에서도 우리의 별종 같은 모습을 숨기지 못했다. 일단 우리처럼 젊은 사람이 주말 농장을 가꾸는 것이 드문 일이어서 이목을 자주 끌었다.

다행인 것은 농장 사장님이 '젊은 부부가 요즘 사람답지 않게 별꼴'이라고 말하면서도 우리의 별꼴 행동을 좋아했다는 점이다. 농장 안쪽 마당에 바싹 말리고 있는 천연 수세미를 보고 반가워했더니, 사장님은 수세미 여러 개를 챙겨주었다.

"비닐 멀칭(땅에 비닐을 덮는 것)은 왜 안 하나? 그걸 해야 잡초도 안 자라고 물 주러 자주 안 와도 되고 편한데."

"1년 쓰고 버리는 썩지 않는 쓰레기인데 굳이 저까지 만들고 싶지 않아서요. 물이야 더 자주 와서 주죠 뭐."

실없이 웃고 말았더니 사장님은 또 내게 별꼴이라며 자리를 떴다.

재미있는 건 그날 이후 우리 밭이 달라졌다는 거다. 한동안 밭에 가지 못해 걱정되는 마음으로 텃밭에 달려가보면 마치 오전에 비가 왔던 것처럼 밭은 이미 촉촉했고, 물을 흠뻑 먹은 작물들은 늘 싱그러웠다. 누가 이렇게 우리 대신 밭에 물을 주는 걸까 궁금했는데, 이른 아침 우리 밭에 물을 주고 있는 사장님과 맞닥뜨리며 수수께끼가 풀렸다. 앞에서는 무심한 듯 툭툭 말하면서도 뒤에서는 우리 밭에 남몰래 물을 주던 사장님. 그날부터 우리는 사장님을 수호천사라고 불렀다.

어느 날 농장 사장님과 대화를 나눌 기회가 생겼다. 대파가 생각만큼 잘 자라지 않아 고민이라고 털어놓으니, 현답이 돌아왔다.

"어차피 자네들이 먹을 것인데 조금 덜 자라고 더 자라면 어때. 열무니 배추니 하는 것들도 벌레 좀 먹으면 어떻고. 건강하게 키우면 그만이야. 자기들은 충분히 잘하고 있어."

듣고 보니 맞는 말이었다. 어디 내다 팔 것도 아니고, 어차피 내가 다 먹을 것들인데 예쁘고 실하게 키우는 것보다 조금 부실해 보여도 건강하게 키우는 것이 더 중요하다.

"사람들이 예쁜 걸 좋아하니까 자꾸만 약을 치는 거여. 농약을 안 치면 그렇게 키울 수가 없거든. 대파는 제대로 농사하려면 농약을 정말 많이 쳐야 해. 여기도 보면 밖에 내다 파는 사람들은 농약 안 치고 키우는 대파가 없어. 그런 걸 먹는 게 당연해진 세상이라고. 그래서 나는 내가 키운 거 아니면 잘 안 먹어."

예전엔 농사를 아주 크게 지었다는 사장님은 먼 산에 시선을 둔 채 무표정으로 단호하게 말했다. 예쁜 걸 좋아하니까 자꾸 예쁜 상품만 파는 거고, 고르게 예쁜 상품을 더 많이 생산해내기 위해 더욱더 많은 화학 농약과 비료가 필요해질 수밖에 없는 세상. 그런 걸 먹는 게 당연해진 세상이라는 사장님 말씀이 한동안 머릿속에서 잊히지 않았다.

이후로 유기농 스티커를 붙이고 마트 매대에 올라오는 농작물이 달리 보였고, 가급적이면 유기농 제품을 더 많이 사 먹으려 노력했다. 내 몸에 건강한 식품을 섭취하려는 이유도 있지만, 이 땅에 유기농법을 고수하며 농사를 짓는 농부님들을 향한 나의 작은 응원이기도 했다.

그러고 보면 생협에서 판매하는 유기농 딱지가 붙은 과일들은 하나같이 다 못생겼다. 귤은 곰보처럼 표면이 울퉁불퉁하고 색은 푸르딩딩하며, 사과도 울긋불긋 색이 고르지 않고 윤기가 없이 거칠어 보인다. 윤기 나게 보이기 위한 왁스 코팅도, 인위적으로 빨리 후숙시키기 위한 화학 처리도 하지 않고, 농약 제초제도 뿌리지 않은, 노지에서 거친 비바람과 강한 햇살을 맞으며 자연스럽고 건강하게 큰 과일이기 때문이다.

나 역시 과일은 예쁜 것으로 먹어야 한다는 생각에 못생긴 유기농 과일을 꺼린 적도 있었는데, 이제는 유기농부터 먼저 찾아 먹게 됐다. 식재료를 구입할 때 '예쁜 것을 골라 산다'는 선택지를 아예 없앴다. 식재료를 구별하고 찾는 기준 자체가 변했다.

겉보기에 윤기 나고 예쁜 과일보다는 모나고 거칠더라도 키우는 환경이 무해한 것이 맛도 더 좋고 내 몸에도 건강하다는 사실을 텃밭을 통해, 주말 농장 사장님을 통해 배웠기 때문이다.

어쩐지 나는 매년 작은 텃밭을 가꾸며 점점 더 별종스러운 삶으로 나아가고 있는 것 같다. 농장 사장님처럼 내가 키우는 거 아니면 안 먹을 정도는 아니지만(그러기에 나의 텃밭은 너무나 작다) 나의 먹을거리를 직접 키우며 품이 더 많이 들더라도 자연과 작물에 해를 끼치지 않는 조건을 고집하고, 그런 부분을 많이 고민한다.

관심이 생기니 공부를 하고, 공부하다보니 더 많은 현실이 보이기 시작한다. 우리의 귀한 토종 씨앗과 전통 작물이 종묘사와 글로벌 농약 회사 간의 이익 구조 때문에 밀려난 사실을 알게 되었다. 또 농작물의 영양분을 빼앗아 먹는다며 잡초에 뿌리는 제초제가 오히려 밭의 유기물들을 죽여 땅을 더 텅 비고 병들어가게 만든다는 것도 알았다.

회복 시간을 주기보다는 인위적으로 만든 화학비료를 주며 쉴 틈 없이 착취하는 농사. 그런 것들을 직간접적으로 경험하다보니 농사에 임하는 마음이 조금씩 진지해지고, 시중에서 먹을거리를 구입할 때에도 고르는 기준이 좀 더 깐깐해진다.

아마 누군가는 이런 내 삶의 단면을 보고 '별꼴'이라고 말할 수도 있겠다. 그럼에도 나는 앞으로도 별종 라이프를 계속 이어갈 것이다. 인간과 자연을 이분법적 사고로 분리하면 내 삶은 굉장히 별나게 보이지만, 인간과 자연이 서로 도우며 건강하게 순환하는 하나의 큰 생태계라는 관점에서 바라봤을 때는 이는 지극히 자연스러운 모습이기 때문이다. 이게 내가 그토록 찾던 건강한 삶이라는 확신이 든다.

윤기도 없고 모나고 생채기도 있고 한쪽 구석은 벌레 먹고 듬성듬성 멍도 들어 있는 못난이 사과. 별종 라이프는 그런 못난이 사과 같은 삶이 아닐까.

남들 눈에는 그저 상품 가치 하나 없는, 버려지는 게 마땅한 못난이. 그러나 농약 하나 치지 않고 자연의 에너지를 듬뿍 받고 자란 건강한 사과 말이다. 분명 시장에 내다 팔면 주목을 끌지 못해 인기 하나 없겠지만, 나처럼 나서서 사 먹을 정도로 그 가치를 알아주는 사람도 분명 있을 것이다.

나의 작은 소망은, 못난이 사과의 가치를 알아주는 사람이 점점 더 늘어나는 것이다. 소비자로서 건강한 먹을거리를 요구하는 목소리가 커져서, 건강하게 자란 먹을거리를 누구나 믿고 사 먹을 수 있는 세상, 건강한 먹을거리와 함께 사는 게 당연한 세상이 왔으면 좋겠다.

자립의 기술

직접 농사를 지어 먹는 것들이 많아지고, 우리의 밥상이 텃밭에서 그대로 따온 채소로 채워질수록 플라스틱 통과 비닐 포장된 식재료를 사서 먹는 현실이 점차 부자연스럽게 느끼기 시작했다.

마트에서는 가끔 이런 일이 벌어진다.

"여보, 샐러드 파스타 만들려면 쌈 채소 사야 해."

"아, 우리 텃밭에 있는데! 쌈 채소 얼마야?"

"100그램에 2,500원. 이만큼 들었는데 진짜 비싸다."

"그러네. 씨앗 한 줌 뿌리면 몇 달 지겹도록 먹을 수 있는데."

농사를 시작하기 전만 해도 내게 쌈 채소는 돈 주고 사 먹는 게 당연했다. 심지어 한 봉지에 2,500원은 아주 저렴하다고 좋아했을 것이다. 그런데 지금은 텃밭 수확 타이밍이 잘 안 맞아서 돈을 주고 사 먹어야 하는 순간이 오면 아까워서 지갑을 잡은 손이 부들부들 떨린다.

5평짜리 작은 텃밭에서도 우리 부부가 먹을 작물이 충분히 자란다. 충분함을 넘어 때로는 차고 넘쳐서 이웃들에게 나누어 줄 때도 많다. 밭 크기를 10평으로 늘린다면 아마 겨울을 제외하고는 (저장 기능을 따지면 겨울까지도) 한 해 동안 두 사람이 먹을 채소와 구황작물의 대부분을 온전히 자급자족할 수 있을 것 같다.

여기까지 생각이 이르자, 자급자족이라는 것이 꼭 귀농하고 귀촌해야만 이룰 수 있는 소망이 아니겠구나 싶다. 도시에서도 충분히 우리가 먹을 만큼의 푸성귀와 채소를 길러 먹을 수 있다. 물론 텃밭을 가꿀 만한 주말 농장이나 공공텃밭, 아파트 텃밭 등을 분양 받는 것이 선행되어야 하고, 시간과 에너지도 꽤 써야 하지만. 텃밭은 내게 고된 노동이라기보다 도심 속에서 자연을 만날 수 있는 작은 사치이자 힐링이기에 되레 좋다.

귀촌하기 전 작은 실험으로 시작한 5평짜리 작은 텃밭은 이제 도시에서도 사계절 건강한 농작물을 내 손으로 직접 재배해 생활

할 수 있는지에 대한 실험이 되었다. 어떻게 하면 마트에서 구입하는 식재료를 줄이고, 직접 길러서 먹을 수 있을까를 고민하면서 텃밭의 변화를 도모한다. 자주 먹고 즐겨 먹고 사계절 내내 먹을 수 있는 농작물 위주로 가꾼다.

가을에 수확한 작물들을 겨울철 저장하는 방식과 요리법에 대해서도 이것저것 시도하고 배워나가고 있는데, 경험과 시간이 쌓이면 언젠가 충분히 만족스러운 자급자족을 구현할 수 있으리라.

나의 텃밭 라이프에 많은 영감을 준 책인 『조화로운 삶』의 저자 니어링 부부가 몇 년에 걸쳐 실험하고, 시도하고, 실패하고, 성공하며 그들만의 자급자족적인 삶을 성장시켜갔듯이, 나 역시 몇 년 혹은 몇십 년에 걸쳐 나만의 자급자족 리틀 포레스트를 성장시켜갈 생각이다.

오늘도 텃밭에 갔다. 한 달 전 찬바람 불 때 심었던 쪽파도 조금 수확하고, 김장 무 대신에 심었던 총각 무도 3주일 만에 폭풍 성장을 해서 오늘 솎아주었다. 솎은 무청은 버리기 아까워 집으로 가져가 겉절이처럼 김치를 담가보기로 했다.

쌈 채소도 한 바구니 잔뜩 수확했다. 쌈 채소를 수확한 김에 며칠 전 돈 주고 사 먹기 아까워서 미뤄둔 샐러드 파스타를 만들어 먹기로 한다. 100그램이 뭐야, 300그램은 족히 넘을 것 같은 양이다. 그럼 오늘 하루 종일 7,500원어치를 수확한 셈인가? 값으로만 따지자면 모종 2천 원어치 사서 3주 만에 벌써 수익률 300퍼센트 달성했고, 11월까지 수익률 2,000퍼센트는 거뜬히 달성하지 않을까 싶은데…… 이 정도면 꽤 쏠쏠한 투자인 것 같다.

언젠가부터 나는 주식창이 마이너스로 뚝뚝 떨어질 때마다 농장으로 달려간다. 시간이 흐를수록 수익률이 저절로 쭉쭉 오르는 텃밭을 보고 있으면, 하향하는 파란 막대가 뜨는 주식창은 잊히고 밥 안 먹어도 배가 부르다. 내가 먹는 것들을 직접 길러 먹을 수 있는 여건이 된다는 건 이렇게나 나를 든든하게 해주는 거구나.

몇 해 전 '파테크'가 유행할 정도로 파값이 폭등하고, 물가가 오르며 마트의 가격표 앞자리가 하루아침에 바뀌어 분위기가 술렁거릴 때조차 나는 마음이 고요하고 크게 흔들리지 않았다. 물가가 아무리 많이 올라도 부담 없이 생활할 만큼 돈이 많은 것도 경제적 자유겠지만, 가격이 오르든 내리든 그것과 전혀 관계없는 삶을 살고 있어서 결코 휘둘릴 것 없는 생활 역시 하나의 경제적 자유라고 믿는다. 그리고 나는 전자보다 후자의 삶을 이루는 것이 단연코 훨씬 쉽다고 느낀다.

요즘 나는 돈 버는 일보다도 돈을 쓰지 않고도 행복하게 살 수 있는 생활과 방법에 관심이 많다. 내가 하고 싶은 일들이 그리 큰 돈을 벌어다주지 않는 업이라는 사실을 너무나 잘 알기 때문이다.(하하) 내게는 돈을 더 버는 것보다 돈을 덜 쓰는 것이 더 쉽다. 돈을 덜 쓰려면 생활에 돈 드는 구석이 줄어들어야 한다. 생활의 외주화를 최소화하고, 생활 자립 기술을 늘려야 한다는 의미다.

텃밭이 지금의 우리에게는 그저 연습 같은 개념이지만, 장기적으로 봤을 때는 돈을 덜 쓰는 삶의 가장 큰 중심축이 되어줄 것이다. 영화 〈리틀 포레스트〉에서도 얼마 남지 않은 밀가루를 탈탈 털어 수제비를 만들고, 시든 잡초 같아 보이던 집 앞의 겨울 배추를 뽑아 된장국을 끓여 먹는다.

현실감 뚝 떨어지는 환상 같은 영화 장면일지라도 나는 이렇게 소탈하고 소박한 장면에 끌린다. 그리고 직접 해보니 완전히 환상만은 아니다. 1년 내 열심히 농사지을 수 있는 텃밭만 있다면 큰돈 없어도 정말로 충분히 밥 해 먹고 살 수 있다.

도심 속에서 오늘도 꿈꾼다. 텃밭과 함께 늙어가는 꿈. 텃밭을 통해 이루고 싶다. 작고 소박한 삶, 내게 주어진 것에서 아름다움과 만족을 만들어낼 수 있는 삶. 적어도 충분한 삶. 우리의 텃밭처럼, 자연스럽게.

김치 한번 담가볼까?

약 1년간 세계 여행을 다니면서 가장 힘들었던 건 한식을 마음껏 먹지 못하는 것이었다. 현지 음식이 물릴 때마다 '딱 김치 한 조각만 먹으면 싹 내려갈 것 같다'는 생각을 자주 했다. 가끔은 한류 열풍 덕분에 외국 슈퍼에서 우리나라 대기업 김치를 발견할 때도 있었지만, 끼니때마다 김치를 꼭 곁들여 먹곤 했던 내게는 턱없이 부족했다.

그러다 스페인에 있는 어느 레스토랑에서 양배추김치를 곁들인 라면을 먹게 됐다(구글맵에서 김치를 반찬으로 주는 라면을 판다는 리뷰를 읽고 일부러 찾아갔다). 라면보다 더 반가운 것은 김치였다.

한국에 한 번도 가본 적 없는 이탈리아인인 사장님이 유튜브를 보고 현지에서 조달할 수 있는 재료들만 가지고 만들었다는 김치였는데, 시원하고 달큰하니 진짜 맛있었다. 그때 생각했다. 김치를 만들 줄 안다면, 구태여 한인 마트와 한인 식당을 찾아다니지 않아도 되니 여행이 더 자유로워지겠다고.

인터넷으로 대충 검색해서 만들어보는 게 아니라 본격적으로 진지하게 김치 만들기에 돌입한 것은 그로부터 몇 년 뒤, 우리 텃밭을 가꾸면서부터였다. 별생각 없이 봄에 씨만 뿌리면 누구나 키울 수 있다는 얼갈이와 열무를 잔뜩 심고 수확했는데 김치 말고는 마땅히 해 먹을 만한 게 떠오르지 않았다. 그래서 하는 수 없이 김치를 담갔는데…… 딱 망했다.

김치가 익으면 나아질 거라고 희망 회로를 돌리며 며칠 실온에 둬보기도 했지만, 막 만들었을 때 맛없는 김치는 역시 익고 나서도 맛이 없었다. 남편도 나도 이 김치가 완전히 망했다는 걸 아주 확실하게 알았지만, 둘 중 누구도 버리자는 말을 입 밖으로 꺼내지 못했다.

버릴 수 없어, 어떻게 키운 건데! 그해 봄, 양념해서 볶아 먹고, 지져 먹고, 끓여 먹고 하면서 꾸역꾸역 그 김치를 다 먹었다. 그리고 다시는 꾸역꾸역 먹는 경험을 하지 않으려고 김치를 정성

들여 담그기로 했다.

"안 되겠어. 김치 담그는 방법을 제대로 배워 와야겠어."

굳은 의지와 함께 남편은 원정 교육을 받으러 시이모 댁으로 떠났다. 시이모님은 양가를 통틀어 가장 음식 솜씨가 좋으신 분으로, 시이모님의 김치는 언제 어디서나 맛있다며 환영 받곤 했다. 김치 만드는 데 필요한 재료를 사러 가는 시이모님과 동행하기로 했다며 남편은 이른 아침부터 나갈 채비를 했다. 나는 그런 남편 손에 이런 건 공짜로 배워서는 안 되는 거라며 돈을 쥐여줬다. 일명 김치 만들기 원데이 클래스 비용.

"여보, 그냥 배우는 거 아니고 돈 주고 수업 받으러 가는 거니까 집중해서 열심히 배워 와!"

씨익 웃으며 손을 흔들어 보였던 남편은 영상도 촬영하고 노트에 필기하는 열정까지 보이며 몇 가지 김치 만드는 법을 열심히 배워 돌아왔다. 뭐든 계량 없이 손대중으로 하는 이모님의 레시피를 수치화해서 기록하는 것에 꽤나 애를 먹은 모양이었지만,

확실히 원데이 클래스를 받고 난 후 남편의 김치 만드는 솜씨는 날로 일취월장했다.

봄에는 얼갈이김치, 여름에는 오이김치, 열무김치, 겉절이를, 가을에는 배추김치, 알타리김치, 파김치를 매년 반복해서 담갔다. 물론 가끔 실패하기도 했지만, 그때마다 버리지 않고 꾸역꾸역 먹으며 버텼더니 김치 맛이 점점 나아졌다.

매번 어중간한 성공만 하다가 어느 날 담근 오이김치가 너무 맛있었다. 너무 신기해서 매일 라면을 먹었다. 라면을 먹기 위한 김치가 아니라 김치를 먹기 위한 라면이었던 셈이다.

처음으로 밭에서 키운 배추를 두 포기 가져와서 김장한다며 배추김치를 담근 날에는 이제 김장도 할 줄 아는 진짜 어른이 된 것만 같아서 여기저기 자랑하고 싶은 마음을 꾹 참아야 했다.

요즘은 재배할 게 없는 겨울이 아니고서는 마트에서 김치를 사다 먹지 않는다. 양가에서 받아서 먹는 김치의 양도 훌쩍 줄었다. 마트에서 산 김치, 양가에서 가져다 먹는 김치보다 남편이 담근 김치가 더 맛있기 때문이다. 이 모든 공을 이모님의 원데이 클래스 그리고 맛없는 김치를 꾸역꾸역 먹어온 시간에 돌리고 싶다.

그리고 우리의 텃밭. 만약 우리에게 텃밭이 없었다면, 당장 먹지 않으면 시들어서 버려야 하는 직접 키운 아까운 농작물들이 없었다면, 김치를 담가볼 생각이나 했을까? 여름 내내 모기에 팔다리 뜯기며 씨를 뿌리고, 틈틈이 물 주고 잡초 뽑으며 몇 달을 키워낸 작물들로 담근 김치다. 우리 텃밭에서 키운 농작물이 우리 집으로 온다. 그리고 우리의 손길로, 우리가 먹을 음식을 만들어서, 우리의 식탁에 올리는 삶!

중간에 거쳐 오는 과정이 제로에 수렴하다보니 탄소 발자국도 완전 제로. 텃밭 덕분에 이보다 더 단순하고 건강할 수 있을까 싶은 삶을 살고 있다. 돈도 절약되지만, 무엇보다 우리 밥상에 없어서는 안 되는 것들을 직접 만들어 먹을 수 있다는 데에서 오는 자신감과 자유로움이 어마어마하다.

김치 담그기의 새로운 목표는 '진짜 김장'을 해보는 것이다. 매년 두세 포기의 앙증맞은 규모의 김치만 담가보았는데, 이번에는 재배하는 밭도 커졌겠다 진짜 겨우내 먹을 수 있는 김장에 도전해보려고 한다. 언젠가 다시 한번 세계 여행을 떠난다 하더라도 이제는 두렵지 않을 것 같다.

어떤 재료가 주어져도 김치를 만들 수 있으니까. 아, 이 얼마나 멋진 자급자족이란 말인가!

내 머리는, 내가 자른다

1년간 세계를 떠도는 장기 여행을 하면서 남편은 단 한 번도 머리를 자르지 않았다. 여행을 떠날 때만 하더라도 런던의 유명한 바버숍에도 가보고, 어느 외딴 나라의 작은 이발소에서도 머리를 잘라보고 싶다고 했는데, 막상 이발소 앞을 지날 때마다 시큰둥했다.

장발이 되어가는 남편의 머리를 보면서, 나는 그의 머리카락을 바리캉으로 미는 것이 소원이 되어버렸다. 하지만 내게 절대 자신의 머리칼을 맡기지 않던 남편은, 여행의 막바지에 우리와 함께 여행하기 위해 미국으로 날아온 처제에게 머리를 내어주었다. 손재주가 없는 게 분명한 아내보다는, 미대를 졸업하고 강아지 미용을 업으로 하고 있는 처제가 더 믿음직스러웠던 것이다.

중구난방으로 삐죽삐죽 자라던 남편의 머리칼이 동생의 단순한 손놀림 몇 번에 차분해졌다. 사람 머리 손질하는 걸 배워본 적 없는 동생의 손길로도 꽤 그럴싸한 헤어 커트가 완성되었다. 그러자 갑자기 나도 할 수 있겠다는 자신감이 샘솟았다.

돌이켜보니 내가 어릴 적에 미용을 배웠던 엄마는 늘 집에서 내 머리를 자르고 파마를 해주었다. 당신의 머리도 항상 직접 자르고, 염색은 물론 셀프 펌까지 했다. 엄마도 하고 동생도 하는데, 나라고 못 할 게 뭐야?

머리가 너무 길어서 감고 말리는 시간도 오래 걸리고 거추장스럽게 느껴지던 어느 날, 보자기를 내 목에 휘리릭 두르고 문구용 가위를 손에 들고 세면대 거울 앞에 섰다.

양갈래로 질끈 묶은 머리카락 한쪽을 손으로 부드럽게 쥐고 원하는 길이를 가늠하여 가위로 싹둑 잘랐다. 꽤 괜찮은 듯싶어 반대쪽 머리도 잘라내었다. '어라? 길이가 조금 다른 것 같은데?' 갸우뚱거리며 왼쪽 머리를 조금 더 자르고, 그다음엔 오른쪽 머리도 조금 더 자르고…….

의도치 않게 내가 원했던 길이보다는 더 많은 머리카락을 잘라냈지만 완성된 머리 스타일은 나쁘지 않았다. 아주 간단하게 몇 번의 가위질을 통해 미용실에서 머리 자를 2만 원을 아꼈다.

머리카락을 직접 자르는 것은 예상보다 쉬웠다. 너무 간단하고 순조로워서 놀랐다. 미국 등 해외에서는 미용실 가는 비용이 너무 비싸고 부담스러워서 집에서 직접 커트하거나 펌과 염색을 하는 게 굉장히 자연스러운 문화라고 한다. 그렇지만 나는 한국 사람. 지금까지 단 한 번도 직접 내 머리를 자르겠다는 생각을 해본 적이 없다. 머리는 언제나 미용실에 가서 서비스를 받는 게 너무도 당연하다고 느꼈으니까. 그런데 나 혼자서도 충분히 머리카락을 다듬을 수 있었다.

어떠한 의문도 품지 못한 채 줄곧 당연하다고 느끼는 것들에 대해 그것이 정말 당연한 것일까 한 번쯤 고민해봄 직하다. 의외로 외부의 힘과 기계의 힘, 자본의 힘을 빌리지 않아도 애쓰지 않고 해낼 만한 일이 많다.

'남의 손을 빌리지 않고 내가 스스로 할 수 있는 일' 리스트가 한 가지 더 늘었다는 사실은 꽤나 기쁘다. 그리고 내 용돈을 2만 원이나 아꼈다는 것도 매우 기쁘고. 앞으로 원한다면 미용실에 영영 발걸음하지 않아도 된다고 생각하니 홀가분했다.

셀프 커트에 자신감이 붙은 나는 한밤중에 충동적으로 앞머리를 잘랐다. 인터넷이나 유튜브에서 방법을 찾아보지도 않은 채 그냥 빗으로 자르고 싶은 만큼의 머리를 앞으로 내어 싹둑 잘라버렸다. 길이가 맞지 않는 것 같아 양쪽으로 조금씩 더 자르다보니 어느새 앞머리는 눈썹 위로 깡총하게 올라왔다.

아뿔싸, 그쯤 되니 망해버렸다는 사실을 깨달았다. 자신감이 과하게 넘쳤다. 너무 짧아서 뒤로 넘겨지지도 않고 핀으로 고정되지도 않는 촌스러운 앞머리를 한 달쯤 달고 지내다가 결국 미용실에 갔다. 전문 디자이너 선생님이 정돈해주고 나서야 내 머리는 조금 봐줄 만해졌다. 앞머리와 뒷머리가 자연스럽게 이어지는 옆머리를 사선으로 잘라 흘러내리는 모습을 봐가면서 아주 조금씩 기장을 잘라내는 디자이너 선생님의 숙련된 손길을 지켜봤다. 확실히 전문가는 달랐다.

앞머리를 자르는 김에 뒷머리 숱도 쳤는데 늘 사자 머리처럼 부하게 부풀던 머리가 차분해졌고 한결 단정해졌다. 어깨 아래로 내려오는 머리카락에는 에센스보다 조금 무거운 질감의 오일을 발라주면 더 정리하기 쉬울 거라는 꿀팁도 얻었다.

미용실을 나오면서 단정해진 머리칼을 보니 2만 원이 하나도 아깝지 않았다. 앞으로 머리 기장은 집에서 내가 자르되, 1년에 한 번쯤 더운 여름에는 머리숱을 치러 미용실에 와도 괜찮을 것 같았다. 적절하게 소비하며 나만의 규칙을 찾아가면 된다.

숙련도가 필요한 삶의 기술들. 이를테면 머리를 자르는 일, 텃밭을 가꾸는 일, 빵 굽는 일, 옷을 지어 입는 일 등은 제대로 할 줄 알게 되기까지 시간이 오래 걸린다. 잘하지 못하니 실수하거나 실패하면서 괜히 시간을 낭비하는 것 같고, 망친 일을 수습하며 이중으로 비용을 치르는 것 같은 생각이 들 때도 있다.

그럼에도 불구하고 앞으로도 나는 일단 무엇이든 손수 해보려고 한다. 모름지기 삶의 기술이란 자꾸 해봐야 늘기 때문이다. 계속 경험하면서 공부하고 연마하지 않으면 영영 할 줄 모르기 때문이다. 학원에 가서 배우고, 동영상을 보면서 따라 해도 결국 가장 중요한 것은 직접 몸으로 부딪쳐서 해보는 것이다.

앞머리를 자르다가 맹꽁이도 되어보고, 애지중지 키우던 작물이 다 죽기도 하고, 돌처럼 딱딱해서 이가 부러질 것 같은 빵도 구워보고, 삐뚤빼뚤한 박음질에 웃음이 새어 나오는 옷도 입어보면서 나의 자립력을 키워간다.

돈이면 거의 모든 게 해결되는 세상에서 하나라도 더 내가 직접 해보는 실험을 뚝심 있게 이어간다. 언젠가 도시에서의 돈벌이를 모두 내려놓고, 산속으로 들어가 작은 생활을 이루며 살 수 있는 타이밍이 왔을 때, 생활비가 지금보다 절반으로 뚝 떨어져도 흔들리지 않고 내가 원하는 모습의 삶을 꾸려가기 위해서. 오늘도 차근차근, 연습해나간다.

2퍼센트 부족한 빵

동이 틀 무렵에 눈을 뜨고 이불 밖으로 나왔다. 방바닥을 딛는 발바닥부터 느껴지는 서늘한 기운. 침실 문을 열고 주방으로 나가니 차가운 공기가 얼굴을 휘감는다.

어느새 호 하고 불면 입김이 나오는 계절이 왔다. 이럴 땐 빵을 구워야지. 베이킹은 오늘의 계획에 없는 일이지만, 겨울에 굽는 빵이 가장 맛있으니까.

기억을 더듬어 천천히 치아바타 반죽을 하고, 두어 번의 발효 과정을 거친 뒤 빵 모양을 성형했다. 성형한 반죽을 마지막으로 다시 한번 발효시킨 뒤 오븐에 넣고 20분만 기다리면, 김이 모락 모락 나는 치아바타가 완성된다.

빵을 만드는 동안에는 언제나 주방 구석에 자리 잡고 앉아 책을 읽는다. 반죽이 발효되고 빵이 구워지기를 기다리며 짬짬이 읽는 책은 언제나 감질나서 더 재밌다. 어스름했던 주방에 볕이 들어오면서 새벽의 고요한 기운이 사라지고 활력 넘치는 아침이 시작될 즈음 빵도 함께 완성된다.

갓 구운 빵의 고소한 냄새는 곤히 자고 있는 남편도 침대에서 벌떡 일으킬 만큼 향긋하다. 한 김 가볍게 식힌 빵을 손으로 쭉쭉 찢어 먹으면 그 어떤 산해진미가 부럽지 않다. 고작 밀가루, 올리브유, 소금, 이스트만 넣고 만든 아주 단순하고 거친 빵이지만, 새벽의 시간이 스며든 만큼 깊은 맛이 난다. 참을 수 없는, 근사한 맛.

이 맛을 한번 느끼고 나면 도저히 다른 빵을 먹을 수가 없게 된다. 시즌마다 유행하는 빵의 화려하고 자극적인 맛에 잠시 한눈파는 일은 있어도, 결국에는 다시 집에서 만든 단순한 맛의 거친 빵으로 돌아온다.

갓 구운 단순한 빵의 매력에 빠진 건 스페인의 산티아고 순례길을 걸었던 때였다. 빵이 주식인 나라인 만큼 순례길 위에서는 바게트와 호밀 빵처럼 담백한 맛의 식사용 빵을 쉽게 사 먹을 수 있었는데, 버터와 설탕이 듬뿍 들어간 초코 빵, 슈크림 빵, 소보루 빵 같은 종류의 빵을 선호하던 우리 부부에게는 영 내키지 않았다.

그러다 우연히 작은 마을을 지나다가 고소한 빵 냄새에 홀려 자그마한 빵집에 들어갔다. 거기서 투박한 모양의 갓 구운 바게트 빵을 하나 샀다. 그날은 우리 부부가 좋아하는 빵 종류가 완전하게 바뀐 역사적인 날이 되었다.

스페인 현지에서 갓 구운 바게트는 무얼 찍어 먹거나 내용물을 끼워 먹지 않아도 그 자체로 이미 완벽하게 맛있었다. 방금 구운 바게트는 딱딱한 겉면을 잡고 손에 힘을 주어 쭉 잡아당기면 부드러운 속살이 드러나며 찢어진다. 겉은 바삭하고 속은 촉촉하고 쫄깃해서 씹는 재미도 있고, 씹을수록 밀 특유의 단맛과 고소함이 느껴진다.

진짜 맛있는 걸 먹으면 단지 '맛있다'는 말로밖에 표현할 수 없다던데, 그 시절 내가 먹었던 바게트 빵은 정말 맛있었다. 값도 1~2유로로 저렴했고 덕분에 부담 없이 매일 사 먹었다.

커다란 순례 배낭의 오른쪽 주머니에 그날 아침에 갓 구운 바게트 하나, 왼쪽 주머니에 착즙 100퍼센트 오렌지주스 한 통을 꽂고 다니면 하루 종일 길을 걸으며 식당 하나 만날 수 없다 해도 개의치 않았다. 바게트를 씹고 주스로 목을 축이며 걸으면 되니까.

한국에 돌아온 이후 스페인에서 먹던 바게트가 종종 생각났다. 맛과 모양을 결코 뽐내는 일 없이 그저 고소하고 담백하던 그 빵이 그리울 때마다 바게트가 유명한 빵집들을 찾아다녔다. 그러나 어디에도 그때 먹던 그 맛은 없었다. 게다가 어찌나 비싸던지, "고작 식사 빵 주제에!"라는 말이 목구멍 앞까지 나오려는 걸 간신히 참곤 했다.

이럴 거면 내가 집에서 만들어 먹겠다며 호기롭게 오븐을 구입했다. 고구마를 굽는 것으로 오븐을 개시하고서 나는 매일 빵을 구웠다. 빵 굽기를 연습했다는 말이 더 정확하겠다. 빵순이와 빵돌이가 사는 집인 만큼 우리 부부가 먹는 빵을 온전하게 자급자족해보겠다는 마음으로 매일 굽고 또 구웠다.

어느 날은 빵이 돌처럼 딱딱하게 만들어져서 이가 나갈 뻔하고, 어느 날은 떡처럼 질어지고, 또 어느 날은 빵에서 밀가루 냄새가 심하게 나서 도저히 먹지 못하고 쓰레기통에 넣어야 했다.

그렇게 여러 번 연습하고 또 연습하면서 홈베이킹 실력이 조금씩 나아졌다. 3년쯤 지나니 내 취향의 맛을 내는 반죽 스킬도 생겼다. 어디에 내다가 팔 수는 없지만, 남편과 내가 맛있게 먹고 지인에게 선물을 할 수 있을 정도의 치아바타를 구울 줄 알게 됐다. 더불어 빵집에 드나드는 날도 드물어졌다.

당연히 사 먹어야 되는 줄 알았던 빵을 집에서 직접 구워 먹게 되면서, 시판 제품을 사서 쓰던 다른 먹을거리도 자연스럽게 손수 만들어 먹기 시작했다. 핫케이크가 먹고 싶어 마트에 가서 시판 핫케이크 가루를 집어 들던 날, 겉면에 적힌 원재료명을 찬찬히 읽어보다가 처음으로 의문이 들었다.

'이 모든 원재료가 우리 집에 다 있는데 왜 나는 이걸 사 먹으려는 거지?'

그래서 시판 가루를 사지 않고 집으로 돌아와 밀가루, 설탕, 소금, 베이킹파우더, 달걀, 우유를 넣고 반죽을 만들어서 핫케이크를 구웠다. 팽창제, 유화제, 합성향료가 들어 있지 않은, 어떻게 보면 가장 순결하고 깨끗한 핫케이크 반죽을 만들어 먹은 것이다.

비싼 돈 주고 제품을 사서 먹던 수입산 그래놀라도 어떤 재료가 들어가는지 확인한 뒤, 집에서 질 좋은 국산 통곡물을 듬뿍 넣어 만들었다. 그 후 그래놀라와 환상의 짝꿍인 그릭 요거트와 아몬드 브리즈도 손수 만들어 먹는 나날이 이어졌다.

신세계가 열렸다. 당연히 마트에서 사 먹어야 하는 줄 알았던 것들을 손수 만들어 먹을 수 있다는 데서 오는 쾌감과 희열. 하나씩 만들어 먹는 게 늘어갈수록 자신감도 나날이 상승했다.

집에서 만든 치아바타, 집에서 구운 당근 케이크, 집에서 발효한 요거트, 집에서 구운 그래놀라……. 집에서 내가 만든 것들은 시판 제품에 비해 모두 어딘가 2퍼센트씩 부족하게 느껴졌다.

처음엔 내 요리 실력을 탓했고, 그다음에는 집에서 만들어서 그렇다며 '이래서 사람들이 사 먹는구나' 하고 납득하기도 했다. 그러나 시간이 더 지나 가만히 생각해보니, 집에서 만들었기 때문에 맛이 부족한 게 아니라, 화학 첨가물과 향미 증진제, 인위적인 향료가 첨가된 공장표 음식에 익숙해진 나의 입맛이 문제였던 것 같았다.

집에서 만들어 먹는 음식 종류를 늘리면서, 제품을 사 먹으며 익숙해진 맛의 기준을 하나씩 지워나갔다. 주방에서 보내는 시간이 아까워 공장에 외주를 주었던 나의 먹을거리를 다시 나의 주방으로 하나씩 들여오기 시작했다.

음식을 만들어 먹는 데에 있어 조금 더 자유로워졌다. 오늘은 이런 맛의 음식을 먹고, 내일은 저런 맛의 음식을 먹으면서, 매일 같은 요리지만 다른 맛의 음식을 먹는다 하더라도 그건 그런대로 그 맛이 있다며 끄덕끄덕 받아들이고 먹게 됐다.

내가 최고의 맛을 먹고 싶은 욕구나 음식에 대한 열정이 없는 둔한 혀를 가진 사람이라 가능한 일일지도 모르겠지만. 어쨌든 요점은 매일 당연하게 빵집에 가서 돈 주고 사서 먹던 빵을 이제는 질 좋은 국산 통밀가루를 사다가 직접 집에서 만들어 먹고 있다는 점이다.

마트에서 생크림이 할인하면 그 주에는 스콘을 굽고, 텃밭에서 당근을 수확한 주에는 담백한 당근 케이크를 굽고, 제주산 레몬이 나오는 철에는 레몬 케이크를 굽고, 아무것도 없을 때는 만만하지만 맛있는 치아바타를 굽는다.

과자도 건강하게 먹고 싶은 마음에 압착 귀리와 건크랜베리를 넣은 오트밀 쿠키를 굽고, 가끔 초코칩을 듬뿍 넣은 아몬드 쿠키도 굽는다. 얇게 슬라이스한 감자에 올리브유와 가는 소금 살짝 쳐서 오븐에 구우면 마트에서 파는 감자칩보다 건강하고 맛있는 감자칩이 완성된다.

갑자기 빵이나 과자가 먹고 싶을 때, 옷 챙겨 입고 마트로 달려 나가는 대신 주방 앞에 서서 뚝딱 만들어 먹으면 되는 단순한 생활. 새로운 자유를 얻었다.

나의 채취 일지

시어머니로부터 택배 한 상자가 도착했다. 꼼꼼하게 포장된 아이스박스 안에는 실한 양파가 한가득 들어 있었다. 언젠가 어머님으로부터 들었던 이야기가 기억났다. 동네에 양파 농사를 짓는 곳이 있는데, 주인이 일꾼들을 데리고 와서 양파를 싹 수확하고 나면 버려지는 양파가 수두룩하다고.

양파는 암양파와 숫양파로 나뉘는데, 숫양파는 꽃대를 피워야 해서 암양파보다 양분도 적고 저장성도 안 좋다. 암양파에 비해 값도 덜 쳐주기 때문에 상품성이 없어서 밭에 그대로 버려지곤 한다. 그래서 수확이 다 끝나고 나면 동네 주민들이 가서 멀쩡한 상태로 버려진 숫양파를 이삭 줍듯 한가득 주워 와서 나눠 먹는다고 한다.

어머님에게 받은 양파를 볕 좋은 베란다에 널어 말리며, 산지 직송 받은 귀한 양파로 뭘 해 먹으면 좋을지 행복한 고민에 빠졌다. 숫양파는 저장성이 낮은 만큼 무르기 전에 어서 다양한 요리를 만들어 먹어서 소진해야 했으니까.

어머님은 이렇게 주워 온 양파를 손질해서 중탕기에 넣고 양파즙을 달여서 1년 내내 드신다고 했다. 이웃의 마늘 밭에서 수확하고 버려진 마늘도 주워 와 꿀 넣고 절인 흑마늘을 만들어 1년 내내 약처럼 간식처럼 드신다. 돈 한 푼 들어가지 않았지만 진짜 건강한 천연 영양제인 셈이다.

얼마 전 시댁에 내려갔을 때 온 가족이 다 함께 밥 먹고 동네를 산책했다. 그날의 산책은 어쩐지 좀 느낌이 달랐다. 작은 시골길을 바라보는 나의 시선이 이전과는 달라졌기 때문이었다.

지난 봄, 동네에서 냉이를 캐서 먹으려다 실패했던 날이 떠올랐다. 그날 동네를 산책하던 중에 어떤 할아버지가 걸어가다가 잔디밭에 털썩 주저앉는 걸 목격했다. 깜짝 놀라서 도로를 가로질러 달려갔는데, 그사이 할아버지는 비닐봉지에서 호미를 꺼내어 땅을 파고 계셨다. 자세히 보니 냉이를 캐고 있었다.

'도시에서도 봄나물을 캘 수 있구나?' 나는 갑자기 신이 났다.

쑥과 냉이가 지역을 차별하면서 자라는 건 아닐 테니, 나도 집 주변에서 봄나물을 찾아보기로 했다. 다음 날 산책하고 집으로 돌아가는 길에 호기롭게 야트막한 아파트 뒷산으로 향했다. 아무런 도구도 가지고 나오지 않았지만 당장 저녁에 끓여 먹을 냉이 한 주먹만 캐서 가야겠다는 계획이 있었다.

어릴 때 할머니와 봄나물 뜯으러 다녔던 기억을 더듬어 냉이처럼 보이는 것을 캤다. 몸의 기억은 똑똑해서 여러 풀들 속에서도 냉이를 귀신같이 찾아내는 나 자신이 기특했다. 향을 맡아보니 어떻게 맡으면 냉이 같고, 어떻게 맡으면 냉이가 아닌 것도 같은 풀내음이 났다.

알 게 뭐야, 비슷해 보이는 것들을 계속해서 캤다. 한 움큼쯤 캔 뒤, 갑자기 꺼림칙한 마음이 들어 도시에서 자란 냉이를 먹어도 되는지 인터넷에 검색해봤다. 하필 도시에서 봄나물로 착각해서 독초를 뜯어다 먹어서 탈이 났다는 기사가 제일 먼저 떴다. 문득 어린 시절에도 내가 열심히 캔 쑥이며 냉이를 할머니께 가져가면 절반 이상이 눈앞에서 휙 버려졌던 기억이 났다. 할머니는 늘 내게 말씀하셨다.

"혜림아, 먹을 수 있는 거만 캐."

애매하게 알고 먹었다가 병원에 실려 가느니, 먹지 않는 게 좋겠다는 결론이 났다. 아무래도 풀을 뜯어 먹는 건 조금 더 공부한 뒤에 시작해야겠다고 아쉬운 마음을 달래며 산에서 내려왔다.

냉이 캐기에 실패하고 온라인 마트에서 냉이를 한 봉지 구입했다. 200그램에 5천 원. 시골에서는 호미 하나 가지고 밖에 나가면 얼마든지 공짜로 캐다 먹을 수 있는 냉이를 커피 한 잔 값을 주고 사 먹는 게 아깝다는 생각은 쪼끔 들었지만, 도시에서 생활하는 비용이라고 치면 끄덕끄덕, 납득할 수 있었다. 5천 원 주고 산 냉이를 넣고 끓인 된장국에서는 봄 내음이 진하게 났다.

이다음 봄에는 실패하지 않겠다는 마음으로 어머님과 함께하는 산책 때마다 모르는 식물들의 이름을 배워나간다.

도시에서는 다 비슷해 보이는 나무들도 모두 저마다 예쁜 이름을 지니고 있다는 사실이 새삼스럽다가 나의 무지에 깜짝 놀란다. 벚나무, 복숭아나무, 살구나무, 매실나무의 꽃 생김새가 어떻게 다른지와 조팝나무와 이팝나무의 차이점도 교과서가 아닌 자연 속에서 다시 배워가고 있다.

특히 가장 흥미로웠던 것은 먹을거리가 지천에 깔려 있다는 점이었다. 저건 쑥, 저건 미나리. 이건 은행나무, 저건 도토리나무. 어머님의 손가락이 가리키는 곳마다 공짜면서도 건강한 먹을거리들이 가득했다. 무엇을 언제 어떻게 뜯고 주워서 어떤 음식을 만들어 먹는지 알려주는 어머님의 이야기는 듣고 또 들어도 재미있다.

일해서 번 돈으로 남이 농사지은 먹을거리를 사 먹거나, 아니면 돈 대신 내 노동력을 이용하여 직접 농사를 지어 먹거나. 이렇게 두 가지의 먹을거리만 있는 줄 알았던 나에게 어머님의 시골 먹을거리 이야기는 또 다른 세상이었다.

내가 키우거나 남이 키워주지 않아도 자연 속에는 늘 먹을 것들이 있다. 나의 다음 봄도 조금은 달라지지 않을까. 냉이를 캐서 된장국을 끓여 먹고, 쑥을 채취해 쑥국과 쑥떡을 만들어 먹을 수 있는 봄을 기대해본다.

(주의: 도심 속 하천 주변에서 채취한 나물들은 중금속이 많이 쌓여 있어 몸에 해롭다. 잔류 농약과 다르게 중금속은 씻어도 씻기지 않으니 섭취 시 주의가 필요하다.)

천천히 흐르던 그날 밤

저녁 식사 준비를 하고 있던 밤, 순간적으로 확 고요해지면서 온 집 안이 깜깜해졌다. 정전이었다.

전력 차단기 퓨즈만 다시 올리면 되는 줄 알고 처음에는 별로 대수롭지 않게 여겼다. 주방에서 요리를 하고 있던 남편 대신 내가 저벅저벅 전력 차단기 쪽으로 걸어갔다.

차단기에는 아무런 이상이 없었다. 다른 집 동태를 살펴보려고 현관문을 빼꼼 열어보니 갑작스러운 정전으로 복도가 소란스러웠다. 그제야 심각성을 깨달았다. 아, 진짜 정전이네.

암흑 속에서 둘이 멍하니 있다가 일단 하던 요리는 마저 끝내려고 캠핑할 때 쓰는 조명을 꺼냈다. 가장 밝게 밝혔다가 이 정전이 얼마나 오래 지속될지 모르니 배터리를 아끼기 위해 밝기를 조금 줄였다. 그런데 꺼진 가스 불이 다시 켜지지 않았다. 처음 불을 켤 때 전기가 필요한 모양이다. 캠핑할 때 쓰는 버너도 꺼냈다.

너무 어두워서 채소가 다 익었는지 잘 안 보인다는 남편을 위해 조명을 팬 가까이 들고 비춰주고 있는데 갑작스러운 이 상황을 굉장히 진지하게 임하고 있는 우리 둘의 모습이 너무 웃겨서 빵 터져 웃었다.

어두컴컴한 주방에서 청각과 후각은 보다 예민해졌다. 기름에 볶아지는 채소 냄새가 유난히 고소했고, 볶는 소리는 꼭 하늘에서 쏟아지는 빗소리 같았다. 그동안 숱하게 채소를 볶으면서 한 번도 느껴보지 못했던 감각이었다.

금방 해결될 줄 알았던 정전 사태가 시간이 지나도 회복될 기미를 보이지 않자, 나는 집 안에서 전기가 나가면 챙겨야 하는 것들을 헤아려보았다. 가장 걱정되는 건 냉장고인데 냉장실에는 고추장과 된장, 채소, 과일, 냉동실에는 냉동 과일, 참깨, 고춧가루, 멸치 그리고 얼음이 전부라서 한시름 놓았다.

밥을 다 먹고 난 뒤에도 정전은 계속되었다. 처음에는 작은 캠핑 조명 하나만으로는 생활하기가 너무 어두침침하다고 생각했는데, 밥 먹을 때도 충분했고 뒷정리할 때쯤엔 불편함 없이 아주 밝게 느껴졌다. 내 눈이 은은한 밝기에 익숙해진 탓이었다. 옛날에는 형광등 하나 없이 어떻게 살았을까 싶었는데, 정전을 겪고 보니 그땐 그 나름대로 불편함 없이 잘만 살았겠구나 싶다.

설거지를 하려고 보니 찔끔찔끔 나오던 물도 멈췄다. 정전에 단수, 엎친 데 덮친 격으로 핸드폰 배터리 잔량도 간당간당하다. 전기가 다 나가버려 아무것도 할 수 없는 집. 내일은 엄마 생신 모임으로 친정에 가야 하는데. 이럴 바엔 차라리 지금 미리 친정집에 가서 하룻밤 잘까 싶었다.

"엘리베이터 안 되잖아. 지하 주차장까지 걸어 내려가야 해."
"맞다. 근데 주차장 출입문도 자동문이라 안 열릴 텐데?"
"맞네. 주차장 출입구 차단기도 전기라서 안 올라갈 텐데?"

그동안 미처 알아차리지 못했던 부분들도 모두 전기를 통해 움직이고 있었다. 나는 전기가 없으면 아무것도 할 수 없는 집이 아니라 전기가 없으면 돌아가지 않는 세상에 살고 있구나.

신선한 충격이었다. 머릿속으로만 생각해본 것과 직접 몸으로 겪어보는 '전기 없는 시간'은 확실히 달랐다. 전기에 의존하고 사는 삶은 전기가 사라진 순간, 순식간에 무력해진다.

우리는 이왕 이렇게 된 거 정전 상태를 그냥 받아들이기로 했다. 24시간 상주하는 관리인이 없는 아파트라서 이 갑작스러운 정전과 단수가 얼마나 오래갈지 가늠할 수 없지만, 그냥 오늘만큼은 되는대로 지내보기로 한 것이다.

테이블 위에 놓인 작은 캠핑 조명마저 껐다. 남편은 윙 체어에 기대어 눕고, 나는 의자에 비스듬히 앉아서 아무것도 하지 않고, 아무것도 할 수 없는 시간 안에 그저 머물러보았다.

전기가 흐르지 않는 우리 집에는 침이 꼴깍 넘어가는 소리가 다 들릴 만큼 고요한 정적이 흘렀다. 비가 쏟아지는 창밖에서 어스름한 밤의 불빛이 스며들었고, 깜깜하게 느껴지던 방 안은 어느새 부드러운 빛으로 가득 찼다. 아무것도 보이지 않던 거실의 풍경이 조금씩 선명해졌다.

민감해진 감각을 활짝 열고서 정적의 순간을 경험했다. 사라진 전기 대신 넉넉한 여유를 선물 받은 것처럼 천천히 흐르는 밤시간이 꽤 좋았다. 이 느낌을 받기 위해 그간 숱하게 자연을 찾았는데, 그걸 도심 속 우리 집에서도 받을 수 있다니.

화장실에 다녀온 남편은 불이 켜지지 않는 욕실 안에서 문을 닫고 앉아 있으니 온통 암흑이라고, 대책 없는 무서움과 편안함을 동시에 체감하는 신기한 경험을 했다고 말했다.

다행히 두세 시간이 지나고 마치 아무 일도 없었던 것처럼 아무렇지 않게 다시 전기가 들어왔다. 욕실 환풍기가 돌아가기 시작하고, 냉장고의 낮은 소음이 들리고 구석구석 와이파이가 흐르고, 집이 대낮처럼 환해졌다.

더 이상 창밖의 빗소리가 들리지 않았고, 은은한 밤의 달빛이 사라졌고, 고요했던 마음은 자취를 감췄다. 우리 집은 그렇게 평소의 저녁 일상으로 돌아왔지만, 나는 분명 정전 전과 다른 사람이 되어 있었다. 몰랐던 것을 이제는 알게 된 사람.

세 시간의 정전으로 갑자기 전기 없는 삶을 살겠다느니, 그런 거창한 다짐을 하려는 게 아니다. 다만, 조건부적 삶을 살지 않아야겠다고 마음먹었다. 어떤 조건이 있어야만 충족되는 삶은 그 조건이 사라지면 너무나도 무력해진다. 전기에 의존하고 살던 삶에서 전기가 사라지면 나는 살아갈 수 없게 되는 것처럼.

한 달에 한 번씩 '전기 없는 하루'를 만들어볼까. 집 안의 전력 차단기를 내리고 전기가 흐르지 않는 집에서 하루를 지내는 거야. 오늘의 이 경험을 잊지 말자는 실험으로.

(4장)

소소한 기쁨을 찾는 나날

대충 때우지 않는 식사

남편이 목과 허리가 안 좋아서 한참 고생했다. 그때 남편이 지나가는 말로 내게 건넨 이야기가 있다. 과거 본인은 항상 자세가 바르지 못했는데, 그게 계속 굳어져서 지금의 몸이 된 것 같다고. 십대 때부터 가져온 나쁜 자세 습관이 20년이 지나고 삼십 대가 되어서야 몸으로 나타나는 것 같다고.

어릴 때 자세가 성인이 되어서 영향을 끼치는 것처럼, 지금 우리가 먹고 있는 음식 또한 사오십 대가 되어서야 몸에 반응이 나타날 것 같다고. 그러니까 우리 지금부터라도 좋은 음식을 먹자고.

별거 아닌 듯 가볍게 던진 그의 말이 어쩐지 뇌리에 강하게 남았다. 지금 내가 하는 모든 행동이 미래의 나를 만든다는 것, 당장은 티가 안 나도 내 안에 켜켜이 쌓이고 있다는 것.

지금 좋은 음식을 챙겨 먹는 것과 인스턴트로 때우는 것 중 무엇을 선택해도 당장은 표가 안 난다. 하지만 분명 10년, 20년이 지나면 그동안 어떤 음식을 먹어왔는지에 따라 중년 이후의 내 몸 상태가 달라질 것이다. 몸은 거짓말을 안 하니까.

그렇게 생각하니 단 한 끼의 식사도, 아주 잠깐의 시간도 함부로 때우고 싶지 않았다. 음식을 제대로 먹으며, 시간을 제대로 쓰며, 오늘 하루를 제대로 살고 싶어졌다.

당장은 아무리 노력해도 신체상 눈에 띄는 변화가 없으니 건강한 식생활을 꾸준히 지속하기가 힘든 법. 하지만 남편이 지나가는 말로 툭 내뱉은 그 말은 나를 움직이게 했다. 아침에 일어나면 물 한 잔을 마시며 속을 깨끗하게 해주고, 냉수 대신 되도록 미온수를 마신다. 추운 계절의 '얼죽아' 생활도 청산했다.

제일 먼저 수분 많은 과일과 채소로 첫 끼니를 시작하려고 노력한다. 값싸고 빠르게 허기를 채울 수 있는 인스턴트식품과 패스트푸드 대신, 초라하고 조금은 느리지만 내가 조리한 것이 분명한 집밥을 먹는다. 바쁠 때는 밥 한 공기에 달걀 프라이, 샐러드 한 그릇이 식사의 전부일 때도 있지만, 그럼에도 집에서 차린 밥을 먹는다. 그것이 내게는 제대로 된 식사임을, 먹고 난 후의 내 감정과 편안한 속이 말해주었다.

음식을 대충 때우는 게 당연했던 시절, 나는 생활도 대충했다. 그때는 너무 바쁘고 정신이 없었기 때문에 식사도 대충 때울 수밖에 없었고, 다른 일상도 어쩔 수 없이 놓아버릴 수밖에 없다고 생각했는데 지금 돌이켜보니 착각이었다. 식사를 대하는 내 태도가 곧 나와 내 삶을 대하는 방식임을 그때는 몰랐다.

그걸 서른 살 넘어서까지 깨닫지 못해서 매번 시간에 쫓기듯 살며 식사를 대충 때우기 일쑤였다. 늘 하루하루가 불안정하다고 느꼈다. 그 감정을 여전히 기억한다. 무엇을 해도 제대로 하는 기분이 들지 않았다. 뭔가를 더 해야만 할 것 같고, 언제나 나 자신이 부족한 것만 같아서 잠자리에 들면서도 불안했다. 더 잘 살아야만 할 것 같다는 마음으로 하루하루를 보냈다.

식사를 제대로 챙겨 먹기 시작하면서 제일 먼저 변한 것은 내 몸이 아니라 일상을 보내는 나의 방식이었다. 되도록 몸에 건강하고 무해한 것들로 차려진 담백하고 간소한 밥상을 마주하고부터 '인생을 참 잘 살고 있다'는 기분이 들기 시작했다. '내가 먹는 것이 바로 나'라는 말을 좌우명으로 삼게 됐다.

그러다 이사를 하고 분주한 나날을 보냈다. 닦고 또 닦아도 먼지가 나오던 주방을 한동안 방치했다. 집 안을 정돈할 여력이 없었다. 주방이 더럽다고 느껴지니 요리할 맛이 나질 않아서 매일의 외식이 이어졌다.

며칠이 더 지나서야 청소와 정리를 마무리했다. 그날은 모처럼 장을 보고 찌개를 끓여 밥을 지어 먹었다. 제대로 된 식사를 챙겨 먹고 나니 기운이 났다. 그 덕분에 운동도 하고, 더 많이 웃었다. 그제야 깨달았다. '이 세상에서 먹고 사는 것보다 더 중요한 건 없구나. 먹고 사는 것이 인생이구나. 그래, 우리 부부 입으로 들어가는 음식을 만들고 있는 지금 이 시간보다 더 중요한 게 어디 있겠는가?'

사람은 밥심으로 살고, 밥심으로 싸우고, 밥심으로 버티고, 밥심으로 해낸다는 말을 이해하게 됐다. 내가 하는 살림의 가치와 밥을 먹는 행위의 소중함을 머리가 아니라 마음으로 비로소 느낀 것이다.

내 손으로 직접 밥을 지어 먹고, 좋아하는 커피를 앞에 두고 앉아 책을 읽고, 창가에 해가 들어오면 바닥에 벌러덩 누워 볕을

쬐고, 남편과 손을 잡고 산책을 나간다. 이따가, 다음에, 나중에, 이것만 끝나면 등등 갖가지 이유로 곧잘 미뤄지곤 하던 사소한 일상들. 돌아보면 평범한 일상을 잘 살아내는 것보다 더 중요한 건 없었다.

그 일상의 중심에는 언제나 제대로 된 식사가 있다. 하나를 먹더라도 제대로 먹고, 하나를 하더라도 제대로 하는 습관은 여러모로 우리 삶을 기름지게 한다. 이제는 마음이 힘들고 급할수록 대충 먹지 않으려고 한다. 나를 위한 한 끼의 식사를 정성스레 차려내듯, 무엇이든 차근차근 해나가다보면 못 할 것은 없다.

봄여름가을
그리고 메리 크리스마스

올해도 어김없이 크리스마스가 찾아왔다. 크리스마스 시즌이 오면 나는 누구보다 바쁘다. 매일 아침저녁으로 블루투스 스피커를 연결해서 크리스마스 캐럴을 틀고 흥겹게 춤을 춰야 하고, 집 안에서 볕이 가장 잘 드는 예쁜 공간에 앙증맞은 크리스마스트리도 장식해서 올려 두고 감상해야 하기 때문이다. 크리스마스를 겨냥하고 나온 영화도 한두 편 봐줘야 하고, 데이트하는 동안 마음에 쏙 드는 크리스마스트리 장식을 쇼핑하는 것 역시 연말 행사 중 하나다.

그런 건 다 쓸데없다고 믿었던 때도 있었다. 그런데 생각해보니 우리 인생은 사실 쓸데없는 것의 연속이었다. 익숙한 나의 나라 한국에서 돈벌이할 때는 보이지 않던 것들이 세계 여행을 떠나니 보이기 시작했다. 무용한 것들 사이에서 느끼는 크고 작은 의미와 기쁨, 그리고 일상 속 소소한 이벤트를 잘 찾아내고 발견하는 사람들이 '더 자주' 행복하다는 사실을 알게 된 거다.

그래서 나도 한 번 사는 인생, 매일 실용과 효율만을 따지기보다 가끔은 낭만을 좇으며 우리에게 다가오는 모든 계절의 파도를 타며 재밌게 살고 싶어졌다. 남편과 낯선 나라, 낯선 도시를 매일 손잡고 걸어 다니며 약속했다. 한국에 돌아가서도 이 깨달음을 절대 잊지 말자고. 특별한 순간들과 작은 기쁨을 만끽하기 위한 귀찮음은 기꺼이 감수하자고. 흐르는 계절과 우리의 감각으로 발견해야만 느낄 수 있는 이벤트를 놓치지 말고 살자고 말이다.

봄이 되면 마치 1년간 기다려왔던 사람들처럼 차례대로 나오는 봄나물을 열심히 먹고, 벚꽃 철쭉 장미 순으로 때마다 피는 꽃구경도 부지런히 간다. 와중에 틈틈이 제철 음식을 챙겨 먹다가, 과일의 축제 같은 여름이 오면 환호성을 지르며 날마다 과즙 뚝뚝 떨어지는 여름 과일을 한 아름 사다 나르며 먹는다. 가을엔 산 따라 들 따라 단풍 구경을 가고, 겨울에는 대망의 크리스마스가 있다. 12월 한 달 내내 크리스마스를 즐긴다.

매번 비슷한 패턴이라 여겼던 캠핑 여행도 계절에 따라 살기 시작하면서 다르게 보이기 시작했다. 봄에는 숲속 캠핑, 여름에는 계곡 캠핑, 가을에는 단풍 캠핑이다. 하루하루가 똑같은 일상의 반복이라고 생각했던 삶에 '계절감'이 들어오자 매일이 신나는 이벤트로 가득하다.

그리고 텃밭을 가꾸기 시작한 이후부터는 정말이지, 계절을 '와락' 느끼며 산다. 1년은 사계절이 아니라 24절기로 이루어져 있다는 말을 텃밭을 가꾸며 몸소 느끼고 있다. 놀기 위한 계절감이 아니라 노동을 위한 계절감이 내 생활에 스며들었다. 절기마다 해야 하는 밭일을 중심으로 생활 패턴이 만들어지고, 제철 채소를 가꾸고, 계절을 누리기 위해 놀러 다니다보면 1년이 훌쩍 지나가버린다. 마치 2.4절기처럼 느껴질 만큼 순식간에.

봄여름까지는 텃밭을 가꾸느라 바쁘다. 밭일이 생활의 중심이 되어 산다. 새 땅에서 새로 경작을 시작하는 만큼, 하고 싶은 것도 해야 할 것도 많고, 의욕도 열정도 넘쳐서 다른 일 모두 제쳐두고 밭일부터 할 정도로 열심이다. 먹는 속도보다 성장하는 속도가 빠른 농작물들을 싱싱할 때 지인들에게 나눠 주려면 틈틈이 만나야 하고, 냉장고에서 시들어가는 꼴은 못 보니 손에 물 마를 새

없이 주방에 열심히 선다. 같은 반찬만 계속 먹기에는 물려서 창의력을 발휘해 같은 식재료로 새로운 음식을 만들어보는 실험도 한다.

가을이 되면 밭에 벌레도 많이 없고 여름만큼 잡초 성장도 빠르지 않아서 봄여름에 비해 텃밭에 덜 가게 된다. 여름만큼 물을 자주 안 줘도 되니 더 그렇다. 작물에 지지대를 세워주거나, 그물로 유인해주거나 순치기(순지르기. 작물의 메인 원 줄기와 가지를 제외한 곁가지와 줄기 등을 제거하는 일. 줄기와 잎이 너무 크게 무성해지는 것을 막고 그 에너지를 모두 열매로 향하게 해 수확물의 양과 질을 높이는 방법이다.)를 해줄 필요도 없이 그저 땅의 기운을 받아 가을 무가 무럭무럭 크고 김장 배추의 속이 가득 차길 기다리는 시간이다.

가을은 대롱대롱 매달린 작물을 따 먹는 여름과 다르게, 한 계절 뜸을 들이듯 소중하게 키워서 한 방 크게 수확하는 재미가 있다. 많은 양을 만드는 건 아니지만, 그래도 배추와 무로 김장 김치를 담가야 하기 때문에 은근히 긴장하며 보내는 계절이기도 하다(망칠까봐).

배추 겉잎으로 시래기를 만들고, 대파와 쪽파는 송송 썰어 냉동실에 보관해두면서 소소하게 겨울을 대비하기 시작할 때쯤 가을 텃밭 갈무리도 끝나고 약속이나 한 듯 겨울이 찾아온다.

겨울은 주어진 시간이 어색하게 느껴질 만큼 시간이 아주 많아지는 계절. 내가 그동안 텃밭에 이렇게 많은 시간을 썼던 건가? 싶을 만큼 하루의 공백이 커져서 잠시 방황할 만큼, 시간이 아주 많아진다. 밤도 길고.

이럴 때 크리스마스가 있어서 다행이다. 이 글을 쓰다보니 깨달았다. 그래서 내가 크리스마스를 좋아하는구나. 밭일도 못 하고 캠핑도 떠나지 못하는 겨울, 그 겨울 나의 유일한 이벤트라서. 11월부터 캐럴을 틀고, 12월엔 크리스마스트리를 꺼내며 연말 분위기를 누구보다 느긋하게 꽉꽉 채워서 즐긴다.

매일 돌아다니며 여행을 하고 사람을 만나고 밭일하느라 분주하게 밖을 향했던 나의 시선을 안으로 돌려서 차분하게 집안 살림을 돌보고, 내 안을 들여다본다. 아무것도 하지 않아도 되는 긴 겨울에 적응하고 나면 겨울만의 매력이 쏟아진다. 길고 깊은 밤엔 다음 날 아침에 먹을 발효빵 반죽을 하고, 두꺼운 벽돌 책을 읽어나가고, 가을 내내 다람쥐처럼 냉동실에 저장해놓은 농작물들을 보물인 양 하나씩 꺼내어 야금야금 먹는다. 봄여름가을 그리고 겨울. 이토록 긴 겨울도 그런대로 충만한 시간이다.

싫은 일을 해야 할 때도 있어

"좋아하는 일을 하려면, 하기 싫은 일도 해야 하는 순간이 와."

남편은 명언 아닌 명언을 날리며 어깨를 으쓱대고는 세탁기 종료 알림이 울리자마자 후다닥 달려가 빨래를 널었다.

주말 내내 본인이 좋아하는 축구 경기를 아내의 잔소리 없이 마음껏 즐기기 위해서, 하기 싫은 빨래를 자처해 널면서 우스개로 했던 말이지만, 제대로 뼈 때리는 말이었다.

다들 '좋아하는 일을 하면서 살아야 행복하다'고 말하고, 누구나 좋아하는 일만 하면서 살고 싶어 한다. 그건 다 같은 마음일 테다. 그러나 사실 나는 과연 좋아하는 일'만' 하면서 사는 삶이 정말 있기는 할까 의구심이 든다.

이 원고를 쓰는 순간도 비슷한 맥락 안에 있다. 책을 출간하고 싶다면, 한 권 분량의 원고를 써야 한다. 책을 내는 건 좋지만, 글을 쓰는 건, 가끔은 정말이지, 지겹도록 싫다.

집 밖에서 펼쳐지는 재밌는 일들에 반응하는 눈과 귀를 막고 묵묵히 책상 앞에 앉아 몇 시간이고 좀처럼 써지지 않는 글을 쓰기 위해 뭉그대는 시간을 견디기 어렵다. 그렇지만 써야 한다. 책을 출간하고 싶으면, 당연하게도 책 한 권 분량의 글을 쓰는 게 선행되어야 하니까.

신기한 건 괴로운 일도 하다보면 꽤 재밌는 순간이 있다는 점이다. 분명 글을 쓰려고 책상 앞에 앉아 워드 페이지를 켜고 깜빡이는 커서를 바라보고 있을 땐 막막하고 몸이 배배 꼬였는데, 그 시간을 견디고 앉아 묵묵히 한 자 한 자 쓰기 위해 노력하다보면, 어느새 글쓰기에 몰입해서 열심히 쓰고 있는 나를 발견한다.

몰입하는 순간, 점점 더 재밌어진다. 그 맛에 자꾸만 글을 쓰는 건지도 모르겠다. 귀찮음과 게으름을 이겨내고 나서야 얻을 수 있는 몰입의 즐거움을 위해서.

몰입의 즐거움이라고 하면 텃밭도 빼놓을 수 없다. 날이 무더워지기 시작하면 텃밭을 돌보는 건 마치 집안일과 같아진다.

해야 할 일이 산더미라서, 온종일 종종거리며 텃밭에서 시간을 보낸다 하더라도 할 일은 계속 쌓여 있다. 해도 해도 좀처럼 끝나지 않는 듯한 뫼비우스의 띠 같은 집안일처럼, 한 것은 티가 안 나는데 안 하면 티가 확 난다.

딱 한 시간만 일해야겠다는 가벼운 마음으로 방문한 텃밭에서 나는 두 시간 넘도록 허리도 못 펴고 땀 흘리며 일했다. 며칠 비가 오고 나니 텃밭에는 크고 작은 잡풀이 무성했고, 이미 뿌리를 깊게 내려 쉬이 뽑을 수 없어 시간이 오래 걸렸다.

처음으로 심어보았던 감자도 옆 고랑을 넘어설 정도로 무성하게 자라서 손봐야 했고, 넝쿨 작물들의 유인줄도 달아야 했고, 거센 비바람에 쓰러진 작물도 세워 묶어주고, 당근도 솎아야 하고……. 그냥 시선이 닿는 곳마다 모두 할 일 천지였다.

강한 볕, 높은 습도, 등줄기로 흐르는 땀, 그런 나를 졸졸 따라다니며 무는 모기떼까지 쫓아가며 밭일해야 하는데, 순간 너무하기 싫어졌다. 날마다 신선하고 맛있는 채소를 자급하는 생활을 좋아하고, 대롱대롱 탐스럽게 익어가는 작물들을 똑 따는 순간을 너무나 사랑하지만, 그 행복한 순간을 누리기 위해서는 이렇게 묵묵히 땀 흘리며 쭈그리고 앉아서 일하는 시간이 반드시 선행되어야 하는 것이다.

역시 신기하게도 처음에는 하기 싫다고 징징거리며 일을 시작하더라도, 막상 잡초를 뽑고, 지지대를 세워주고, 솎아주는 작업을 계속 이어가다보면 재미가 붙는다. 머릿속에 아무 생각이 들지 않고, 그저 지금 내가 하고 있는 이 반복적인 작업에 집중하게 된다. 시간 가는 줄도 모르는 완전한 몰입. 몰입한 뒤에는 꼭 깊은 명상을 하고 깨어난 것처럼 마음이 개운해진다.

좋아하는 일을 즐기려면 하기 싫은 일도 실행해야 하는 순간이 온다. 또 가끔은 하기 싫은 일도 하다보면 좋아지는 순간이 있다. 한 소쿠리의 채소를 얻기 위해 여름 내내 종종거리며 텃밭에서 일해야 하는 것처럼. 세상에 거저 주어지는 것은 없다.

괜찮아, 우리에겐 상추가 있어

첫 나눔의 시작은 봄날의 아름다운 꽃다발 같던 상추였다. 처음 농사를 짓던 해, 호기롭게 쌈 채소 모종을 종류별로 사서 잔뜩 심었다. 그러고도 부족한 느낌에 상추 씨앗도 한 봉지 탈탈 털어 심었다.

난생처음 지어보는 농사에, 혹시나 상추 모종이 죽을까봐 제2의 플랜과 제3의 보험을 함께 들어서 단단하게 방어해둔 셈인데 문제는 아무리 초보 농부라도 상추 농사를 망칠 일은 거의 없다는 것이다. 우리 부부는 몇 해 동안 주말 농장을 가꾸면서 수없이 많은 농사에 실패했지만, 상추 농사만큼은 단 한 번도 실패해본 적이 없다. 그만큼 상추는 다른 작물에 비해 키우기 아주 쉬운 작물이다. 볕만 잘 든다면, 계절과 장소를 타지 않고 어디에서건 잘 자란다. 봄의 텃밭에서 가장 먼저 따 먹는 것도 상추고, 제일 늦게까지 수확해 먹는 것 역시 상추다.

오늘 한 아름 수확해도 얼마 지나지 않아 오늘 수확한 양의 배 이상으로 자라 있을 거라는 견고한 믿음이 상추에게는 있다. 열심히 애정을 주며 키운 작물이 수확해보지도 못하고 시들어 죽었을 때, 혹은 밭에 나왔는데 아직 여문 게 없어서 빈손으로 집에 돌아가야 할 때 나에게 위안을 주는 것도 언제나 상추였다.

'괜찮아, 우리에겐 상추가 있어'라는 마음. 상추는 나에게 아낌없이 주는 나무이자 마르지 않는 샘물이었다.

한없이 고맙던 상추가 슬며시 냉장고 속 애물단지가 되기까지는 그리 오랜 시간이 걸리지 않았다. 상추를 수확하는 양이 남편과 내가 먹어 치우는 양을 훨씬 웃돌기 시작했고, 냉장고 상하칸이 상추로 꽉 차서 더는 다른 음식을 보관하지 못하게 됐을 즈음엔 상추가 물려서 먹는 속도도 확연하게 느려졌다. 상추뿐만 아니라 깻잎, 오이, 호박, 가지 등등…… 여름작물 수확까지 시작되니 그야말로 농산물을 감당할 수 없는 사태에 이르렀다.

수확물을 자연스레 주변 이들과 나누어 먹기 시작했다. 나누어 먹기 시작하니 농산물이 남을까봐 걱정할 일도 없고, 더 맛있고, 무엇보다 덕분에 주변 사람들과 많이 가까워졌다. 집에 놀러 온 친구가 텃밭에 관심을 보이면 데려가기도 하고, 한 아름 따서 집에 가져가라고 멋지게 가슴팍에 안겨주기도 한다.

직접 키운 거라며 나누어주는 것들이 상대방에게는 귀찮고 성가신 선물이 될까봐 조심스러웠던 내 마음이 무색하게도 지인들은 나누어 주는 농작물을 좋아해줬다. 좋아해주니까 더 많이 나누고 싶어졌다.

가끔은 농산물을 나눠 먹는 활동이 일종의 물물교환이 되기도 했다. 남편이 이른 아침부터 텃밭에 다녀온 날 수확했던 것들 중 예쁜 것만 모아서 직장 동료분에게 가져다드렸는데, 그분은 덕분에 잘 먹었다며 다음 날 빵을 잔뜩 선물해주셨다. 그 마음이 감사해서, 그다음 텃밭 수확물을 또 나누어드렸고, 그다음엔 사과가 답례로 돌아왔다. 감사히 맛있게 잘 먹었다.

어릴 적 엄마가 김치를 담근 날이면 옆집에 가져다드리라고 어린 내 두 손에 김치통을 쥐여주곤 했다. 옆집에 가서 "엄마가 가져다드리라고 하셨어요." 하면 아주머니는 "엄마한테 잘 먹겠다고, 감사하다고 전해줘." 하면서 내 손에 꼭 무언가를 쥐여주고는 했다. 방금 만든 밑반찬이나, 싱싱한 귤, 떡, 김치전 같은 것들이 었다.

그 시절, 너무 많은 음식이 집에 들어오거나, 새로 만든 반찬이 맛있거나, 아무튼 간에 가족끼리 먹기엔 너무 맛있어서 아쉬운 게 생기면 꼭 이웃들과 나누어 먹었다. 그게 당연한 시절이었다. 나는 이제 어린아이가 아니고, 세상은 변했고, 어릴 적 그렇게 이웃과 음식을 나누어 먹었다는 사실조차 까맣게 잊고 살았다.

나의 작은 채소밭은 그 시절의 정 많은 이웃 사랑을 다시 실천할 수 있게 해주었다. 집이 근처인 고모에게도 텃밭 작물을 가져다드리고, 차로 한 시간 거리에 떨어져 사는 친정 엄마에게도 가져다드린다.

엄마는 봄가을철 막 뿌린 상추 씨앗으로 키운 여린 푸성귀를 가장 좋아한다. 돈 주고 사 먹고 싶어도 마트에 팔지 않아 먹을 수 없는 것들. 우리 부부는 여린 푸성귀가 나오는 시즌이 되면 더 크게 키우지 않고 모조리 따서 쪼르르 친정으로 달려가 엄마에게 한 아름 안겨주고 온다.

기뻐하는 엄마의 얼굴을 마주할 때마다 돈 주고도 할 수 없는 효도를 한 것만 같아 괜스레 뿌듯해진다. 어설픈 가을 농사 끝에 제일 예쁘고 싱싱한 배추와 무를 골라 시댁에 보내기도 하고, 향이 진한 가을 당근으로 케이크를 듬뿍 구워 지인들에게 선물하기도 한다.

이제는 텃밭에서 수확할 때부터 아예 사람들에게 나누어 줄 것과 우리가 먹을 것을 분류한다. 늘 제일 싱싱하고 예쁜 것들은 사람들에게 주고 싶어서, 우리가 먹는 건 조금 찢어지거나 벌레 먹은 것, 덜 익은 거나 너무 익은 것일 때가 많다.

그래도 좋다. 남편과 단둘이 조용히 먹을 때보다 직접 키운 거라고 널리 널리 알리며 함께 나누어 먹는 지금이 훨씬 더 맛있으니까. 냉장고 불빛이 안 보일 정도로 공간을 꽉 채운 상추를 언제 다 먹을까 째려보면서 숙제처럼 먹는 것보다, 따고 또 따도 계속 해서 나누어 줄 수 있는 부자 같다며 끊임없이 상추를 사람들에게 한 아름 안겨줄 수 있는 지금이 훨씬 더 행복하다.

자연은 언제나 내게 대가 없이 모든 것을 내어준다. 내가 먹는 것을 키우기 위해 자신의 지분을 내어주고, 자신의 양분으로 무럭무럭 키워준다. 마치 엄마처럼 아낌 없이 다 내어준다. 그러니 내가 먹는 양보다 더 많은 양을 받는다면, 나 또한 그것을 다른 이에게 내어주는 것은 너무나 당연하다. 이런 게 진짜 선순환이 아니면 뭐야.

나의 텃밭은 직접 키워 먹는 기쁨, 건강하게 먹는 기쁨만큼이나 나누어 먹는 기쁨이 어떤 건지도 가르쳐줬다. 큰돈이 없는 나에게도 나눌 수 있는 게 있다는 사실, 그리고 그게 내게는 딱 그 순간에만 얻을 수 있는, 내가 가진 것 중 가장 귀한 것이라서, 참 감사하다. 소박한 자급자족과 귀촌을 꿈꾸며 재미 삼아 시작한 소소한 텃밭 가꾸기가 이제는 내게 그 이상의 의미가 되었다.

무해함이 주는 우아함

설거지를 하다가 수세미에 구멍이 났다. 새끼손톱만 한 크기의 구멍은 어느새 엄지손톱만큼 커졌고, 며칠 더 지나니 닳고 닳아버린 수세미가 조각조각 찢어졌다. 조각난 수세미에 비누를 묻혀 마지막으로 싱크대 안쪽과 수챗구멍까지 청소하고 나서야 후련한 마음으로 수세미를 버릴 수 있었다.

내가 쓰는 수세미는 땅에서 자란 식물 수세미를 수확해서 삶고 말린 '진짜' 수세미다. 그래서 내구성이 아주 약하다. 밥알이 말라 눌어붙은 밥그릇은 잘 닦이지 않아서 설거지하기 전에 꼭 물에 불려두어야 한다. 재질이 부드러운 탓에 음식을 하다가 태운

냄비나 프라이팬을 깔끔하게 닦아내는 것도 쉽지 않다. 그럼에도 불구하고 몇 년째 천연 수세미를 고집하며 쓰는 이유는 아이러니하게도 내구성이 아주 약하기 때문이다.

천연 수세미는 수명이 한 달 정도밖에 안 된다. 매일 설거지를 하면서 쓴 지 보름쯤 지나면 물에 불린 미역처럼 아주 부드러워지고, 일주일 정도 더 지나면 닳고 삭아서 구멍이 난다. 조금만 당겨도 쉽게 찢어진다.

이렇듯 천연 수세미는 몇 년을 써도 끄떡없는 플라스틱 소재의 수세미와는 견주기도 어려울 만큼 아주 짧은 수명과 내구성을 가졌다. 그런데 나는 그 점이 제일 좋다.

열심히 쓰다가 수명이 다해서 '에잇, 버려야겠다' 하고 쓰레기통에 내던져버릴 때 어떤 거리낌이나 죄책감을 느끼지 않는 마음이 너무 좋은 것이다. 식물이니까. 플라스틱과 다르게 닳고 삭다가 시간이 지나면 썩어 흔적도 없이 사라지니까. 버리는 것이지만 다시 흙으로 돌아가는 자연스러운 순환이기도 하다.

물에 잘 녹고 분해되는 고체 비누와 흙으로 돌아가면 금방 썩어 사라지는 천연 수세미는 살다보면 계속 무언가를 버릴 수밖에 없다는 죄책감에서 나를 처음으로 해방 시켜준 고마운 물건이었다. 삭고 해지다가 결국에는 사라져버리는 것이 얼마나 우아한 작별 방식인지를 알게 해줬다.

그렇게 살림을 하나씩 내가 생각하는 우아한 방식으로 바꿔나갔다. 되도록 평생 썩지 않는 소재보다는 시간이 지나면 자연스레 닳고 삭아서 사라지는 것으로, 이왕이면 자연에 무해한 것으로, 덜 해로운 것으로.

텃밭 역시 처음 시작할 때부터 친환경적인 방식을 유지하기 위해 많이 고민했다. 주변에서 텃밭 노동의 수고를 덜기 위해서 으레 당연하게 하는 비닐 멀칭도 하지 않았고, 농약과 제초제도 뿌리지 않았다. 화학비료 대신 유기농 비료를 사용했고 이마저도 매년 조금씩 줄여 최소화하고 있다. 농약 대신 벌레를 쫓아준다는 다양한 친환경적인 방법의 약들도 치지 않았다.

내가 노동을 조금 더 하더라도, 수확물이 조금 덜 나오더라도, 이왕이면 사람과 식물뿐만 아니라 땅과 그 속에 사는 유기물과 곤충에게도 해롭지 않은 농사를 짓고 싶었다. 아주 작은 크기의 채소밭이지만, 밭을 구성하고 있는 모든 동식물과 자연의 지극히 자연스러운 사이클 속에 그저 내맡기며 농사를 짓고 싶었다.

쓸모없는 것이 아무것도 없는 텃밭의 아름다운 조화를 지켜주고 싶었다. 그리고 그 결과가 꽤 나쁘지 않았다. 대파가 다 죽어버리기 전까지는.

심는 족족 대파가 다 죽어버렸다. 땅마다 맞는 작물이 있고, 맞지 않는 작물이 있다던데 이 땅은 대파가 잘 못 자라는 환경인가, 다시 한번 심어보자고 심기일전해서 모종 반 판을 더 사왔다.

대파가 죽은 자리에 또 심어봤자 벌레 때문에 어차피 또 죽을 거라는 조언을 듣고, 봄에 열무를 심고 수확했던 자리에 대파를 심기로 했다. 그런데 옆 텃밭의 아저씨가 우리를 가만히 지켜보더니 우리 텃밭으로 다가왔다.

“대파 심으려고요? 살충제는 뿌렸나요?”

약은 뿌리지 않았다고 대답했더니 아저씨가 말씀하셨다.

“여기는 살충제 없으면 싹 다 죽어요. 어찔 수가 없어. 안 뿌리면 다 죽어요 다 죽어, 이리 와봐요. 내가 좀 줄게요.”

내 입으로 들어가는 먹을거리를 가꾼다는 명목 아래 땅에 해를 가하지는 않겠다는 마음으로 종묘사에서 권하던 살충제도 마다하고 대파 모종만 사서 온 길인데, 친절한 아저씨의 말씀에 홀라당 넘어가버렸다.

단호하게 거절하기에 우리 부부는 조금 물렀다. 작년에는 밭마다 고추 병충해가 싹 옮는 바람에 초토화되어 죽었었다는 말에 괜스레 눈치가 보이기도 했고, 어차피 심어봤자 다 죽어버린다는 말에 이미 모종을 사왔는데 헛수고가 될까봐 걱정하는 마음도 있었다. 소량만 사려도 해도 대량으로만 팔아서 아주 많이 남았다는 살충제를 건네받아 우리 텃밭으로 돌아왔다.

한 줄에 한 스푼씩 새파란 색의 살충제 알갱이를 땅 속에 뿌려주며 대파를 심었다. '모두에게 무해하게'라는 나의 신념이라는 것이, 한 줄기 대파 앞에서 무너질 만큼 이렇게 얄팍한 것이었나 싶어서 마음이 쓰라렸다. 또 한편으로는 이번에는 과연 대파가 잘 살아줄지 기대가 됐다. 대파 키우기, 몇 년째 농사를 짓지만 정말 쉽지 않다.

그날 대파를 심고 집으로 돌아오는 길에 많이 후회했다. 마음이 아주 불편했다. 친환경적으로 짓는 농사는 너무 어렵다. 매 순간 선택의 기로에 선다.

아는 것이 없는 초보 농부라서 어렵고, 이 땅은 우리 마음대로 할 수 있는 땅이 아니라서 더 조심스럽고 어렵다. 내 밭에서 생긴 병충해가 이웃 텃밭에 옮을 가능성도 있고, 옆 텃밭에서 치는 농약이 바람을 타고 내 텃밭에도 올 수 있으니, 모든 것에 있어 서로 영향을 받을 수밖에 없다. 아무것도 하지 않으면 옆 텃밭에 피해를 주기도 하고 친환경적인 농사를 짓겠다고 아무리 노력해도 100퍼센트 자연 농법이 될 수가 없는 구조인 것이다.

그럼에도 나는 내가 할 수 있는 선에서 친환경적인 방법을 이용하여 나의 텃밭을 가꾸고 싶다. 쉽고 편하게 마트에서 구입한 값싼 플라스틱 수세미를 쓸 때보다, 쓰다보면 얼마 못 가 해지고 삭아서 자주 교체해야 하고, 돈 주고 사려고 하면 꽤나 값이 나가는 천연 수세미를 쓸 때의 내 모습을 내가 더 좋아하는 것처럼, 조금 어렵고 불편해도 땅과 식물에 해를 가하지 않는 방식의 텃밭을 가꾸는 내 모습이 더 좋기 때문이다.

무해한 것이 주는 우아함이 좋다. 무해한 농사는 봄에 심는 얼갈이와 여름의 딸기, 가을의 배추를 우리 밭에 사는 벌레들과 나눠 먹는 지분이 크고, 때로는 그 전부를 벌레들에게 내줘버려야 할 때도 많다. 그렇지만 나 외에 아무도 못 먹게 하기 위해 살생을 자처할 때보다 다 같이 나눠 먹자는 마음으로 밭을 대할 때 내 마음이 훨씬 더 편하다.

너무나 어설프고, 때로는 게으르고, 가끔은 멍청해 보여도 앞으로도 이렇게 나만의 우아한 방식으로 텃밭을 가꿔 나가고 싶다.

아, 땅에 살충제를 섞고 키운 대파는 어떻게 됐느냐고? 약을 뿌리지 않았을 때와 마찬가지로 시들시들하다가 다 죽어버렸다.

덜 일하고, 덜 벌기

신혼 초에 고춧가루를 사러 남편과 마트에 갔다가 가격이 너무 비싸서 깜짝 놀랐다. 이후 친정집에 갈 때마다 엄마가 챙겨주는 고춧가루와 참깨 같은 것을 결코 마다하지 않고 넙죽넙죽 잘 받아 와 먹었다.

살림에 재미를 붙이며 좋은 식재료에 눈뜨고 난 뒤에는, 친정 엄마가 산지에서 직접 공수해서 보내주는 식재료와 양념이 얼마나 귀한 것인지 알게 되어 더 열심히, 감사한 마음으로 먹곤 했다. 그렇게 매년 햇고춧가루, 햇참깨, 햇참기름을 받아서 먹다보니 이들의 가격표는 완전히 잊고 살았다.

얼마 전 고춧가루가 똑 떨어졌고, 당분간 친정에 갈 계획이 없어서 곧장 마트로 향했다. 그리고 고춧가루의 가격을 보고 화들짝 놀랐다. 너무 비쌌다. 신혼 초가 떠올랐다. 마치 데자뷔 같았다. 가장 작은 단위로 포장된 100그램짜리 작은 고춧가루를 구입하고 나오는데 거짓말 조금 보태어 손이 달달 떨렸다. 얼마 안 있어 고추장과 참깨도 사야 했는데, 늘 친정 엄마가 챙겨주던 것들이라 비교가 되어서 그런지 너무 비싸다는 생각이 들어 구매를 오래도록 망설였다.

식재료를 사면서 '비싸다'는 감각을 느껴본 것은 실로 오랜만이었다. 그러나 신혼 때와 다르게 이제는 왜 비싼 값을 치러야 하는지 가슴 깊이 이해하고 있다.

아주 작은 크기의 채소밭이지만, 고추도 깨도 키워봤기 때문이다. 고추와 깨를 완전히 여물 때까지 가꿔서 수확하고, 볕에 말리고, 털고, 빻고, 볶는 그 지난한 과정이 모두 머릿속에 그려진다. 그 안에 얼마나 많은 노고가 들어가는지 아니까 이제는 비싼 값을 충분히 납득할 수 있다. 특히 고추는 병치레 없이 빨갛게 익을 때까지 키우는 게 여간 힘든 게 아니어서 농약을 많이 치는 작물 중 하나다.

그러니 '왜 그렇게 비싸?'가 아니라 '그래, 이 정도 값은 받아야지. 이거 한 봉지 만드는데 들어가는 수고가 얼만데'라는 생각부터 든다.

시댁에 내려갔는데 어머님이 직접 담근 고추장을 한 통 주셨다. 예전엔 그저 넙죽 받아 먹기만 했는데 이제는 궁금한 것이 많아졌다. 고추장을 집에서 어떻게 만드는 건지 말이다. 고춧가루는 사다 쓰는 건지 아니면 직접 빻아 쓰는 건지, 그렇다면 말린 고추는 어디서 사는 건지. 찰기 가득하고 맵쌀한 고추장 한 통이 내 손에 들어오기 전까지 거쳐 온 손들이 궁금하고 알고 싶어졌다. 그리고 마침내 누구의 손도 아닌 내 손으로 그 과정에서 더 많은 일을 하기를 바라게 되었다.

어머님의 고추장 만들기 대장정 이야기를 듣고 나니 내 손에 들린 고추장이 더없이 소중해진다. 이웃 주민이 직접 키운 고추를 시장에 가져가 빻아서 집에서 직접 담근 고추장. 봄부터 겨울까지, 사계절이라는 시간에 농부, 방앗간, 어머님의 손맛이 더해진 고추장이니 틀림없이 맛있을 것이다.

도시에서는 모든 것을 산다. 먹을거리의 자립은 있을 수가 없는 일이다. 도시에서 태어나 아파트 생활만 줄곧 해오던 나 역시 다를 게 없다. 고춧가루, 참깨, 참기름, 쌀 등을 비롯하여 고추장,

간장, 된장, 참기름도 모두 공장에서 만들어져 나오는 게 당연하다고 여겼다.

사 먹는 것 외에는 상상조차 할 수 없다. 그게 도시에서의 삶이다. 노동으로 돈을 벌어, 그 돈으로 내 입에 들어가는 먹을거리는 구입하는 것이 너무나 당연한 삶. 그래서 돈이 필수인 삶. 많이 벌수록 나의 먹을거리를 풍족하게 살 수 있으니, 늘 더 열심히 더 많이 벌어야 한다고 여길 수밖에 없는 삶이었다.

그랬던 내 삶이 미세하게 변하고 있다. 사 먹을 줄만 알았던 채소를 직접 가꾸어 먹기 시작하면서, 지금은 사 먹지만 예전에는 다 직접 만들어 먹었다는 수많은 먹을거리 이야기를 접하면서, 나도 조금씩 시도해보면서, 변해가고 있다.

새로운 선택지가 생겼다. 이제 비싸다고 판단이 되면 일을 더 많이 해 돈을 더 벌어서 마음껏 사야겠다고 마음먹는 게 아니라, 내가 직접 만들어보는 것 혹은 애초에 덜 쓰거나 아예 사용하지 않는 방법도 있음을 염두에 두게 됐다. 그리고 바로 행동으로 옮겨보기도 한다.

“혜림이 너도 만들 수 있어. 처음이 어렵지, 생각보다 간단해. 식혜 만들 줄 알면 고추장도 만들 수 있고, 간장도 된장도 다 만들 수 있지. 지금이야 다들 바쁘니까 사 먹지만, 예전엔 다들 이렇게 만들어 먹었어. 나도 어릴 때 엄마 옆에서 많이 배웠지."

어머님의 말 한 마디가 오늘도 내 마음을 뒤흔든다. 올겨울에는 어머님 곁에서 고추장 담그는 법을 꼭 배워야겠다. 그다음 해엔 된장을 담그고 간장을 만드는 방법을 배워야지.

철저하게 도시인이었던 내게 시골에 있는 시댁은 보물 창고 같다. 대부분의 먹을거리를 손수 짓는 어머님을 보면서, '내가 저걸 어서 다 배워둬야 할 텐데' 싶어 벌써부터 마음이 조급해진다.

어디서도 배운 적 없었던 오래된 세대의 지혜를 자연스레 배운다. 자급할 수 있을 정도의 농사를 짓고, 원재료를 가공할 수 있는 기술을 갖고 요리만 할 줄 안다면, 먹고사는 데에 큰돈이 없어도 지장 없음을 배운다. 덜 일하고 덜 벌어도 괜찮고 도시를 떠나도 괜찮다는 것을 배운다.

"혹시나 고추 농사를 지어 먹을 생각은 하지 마. 농사 중에 고추 농사가 제일 어려워. 그게 얼마나 품이 많이 드는지 몰라. 나도 고추 농사는 지을 생각도 안 해. 제일 좋은 건 옆에 고추 농사 짓는 이웃에게서 사 먹는 거야."

연신 당부하시는 어머님의 말씀에 나는 그저 말없이 웃는다. 어쩌면 훗날 내가 그 '옆에 고추 농사 짓는 이웃'이 될 수도 있지 않을까 싶어서.

제철 과일의 기쁨과 슬픔

요즘은 좋은 음식을 찾아 먹는다. 텃밭을 가꾸어보니 좋은 음식이라는 게 그리 어렵고 복잡한 게 아님을 깨달았다. 볕 받고 비 맞으며 자연 속에서 지극히 자연스럽게 자란 식재료로 직접 만든 음식이 내 몸에 가장 좋은 음식이었다.

제철 채소와 과일을 사랑하게 됐다. '지금 딱 이 기간에만 먹을 수 있어'라는 말 안에 담긴 '지금 이 순간'이라는 의미. 그 소중한 의미를 음미하는 기분으로 먹게 되는 아름다운 제철 음식을, 도무지 사랑하지 않고는 버텨낼 재간이 없다. 그래서 매번 아득해지는 기분으로, 감사한 마음을 가득 담아 먹는다.

몇 해 전 눈이 소복하게 쌓인 어느 겨울날. 친정아버지가 집으로 한라봉 한 박스를 보내주셨다. 제주도 산지에서 온 한라봉이 어찌나 신선한지 택배 박스를 열자마자 온 집 안에 상큼한 한라봉 향이 퍼졌다. 남편이 거실에서 한라봉 껍질을 까기 시작하면 그 향이 침실에 누워 있는 내게도 퍼져서 부리나케 거실로 달려 나갈 정도였다.

지금껏 숱하게 한라봉을 먹어보았지만, 그동안 먹었던 것은 견줄 수도 없을 만큼 아주 달고 맛있었다. 남편 역시 인생 최고의 한라봉이라며 먹을 때마다 엄지를 치켜들었다. 최고로 맛있는 이 과일을 우리 둘만 먹기에는 아쉬워서 집에 오는 지인뿐만 아니라 택배 기사님, 전기 검침원님, 인터넷 설치 기사님에게도 하나둘 안겨드리고 나니 묵직했던 상자가 금방 동이 났다.

추가로 주문하려고 박스 안에 있던 농장 전화번호로 연락했더니, 그해 판매는 끝났다는 답이 돌아왔다. 내가 원하는 것을, 원할 때마다 마음껏 사 먹을 수 없기도 하다는 걸 그날 처음으로 체감했다. 제철, 즉 식재료마다 알맞은 때가 있음을 알게 된 것이다. 사실 마트에서도 쉽게 사 먹을 수 있는 한라봉이지만, 산지 직송된 신선한 제철 과일의 맛을 알아버린 이상, 내가 할 일이라고는 그저 기다리는 것뿐이었다.

내 인생 최고의 한라봉을 다시 맛보기 위해 1년을 기다렸다. 가을쯤 되니 조금만 더 기다리면 한라봉을 먹을 수 있다는 생각에 침이 고였다. 간절하고도 행복한 기다림이었다. 그동안 내가 모르고 살았던, 제철에만 먹을 수 있는 음식의 매력은 이런 거구나.

이제는 겨울이 오면 반자동적으로 나의 미각이 상큼한 한라봉을 먹을 때를 기억해낸다. 알맞은 때를 놓치지 않기 위해 재빠르게 예약 주문을 거는 습관이 생겼다. 잘 세팅된 환경에서 똑같은 맛으로 제조하는 공장 음식이 아닌 만큼, 해마다 달라지는 날씨와 환경에 따라 맛이 덜할 때도 있고 더 좋을 때도 있지만, 매년 겨울이 오면 그저 철에 맞춰 제때 한라봉을 먹을 수 있음에 감사함을 느낀다.

‘제철’ 하면 빼놓을 수 없는 게 또 있다. 바로 초여름부터 나오기 시작하는 초당 옥수수다. 처음으로 맛본 뜨거운 여름날의 초당 옥수수를 아직도 잊을 수가 없다.

살짝 쪄 먹어도 좋고, 생으로 먹어도 과일처럼 맛있다는 초당 옥수수를 냄비에 넣고 살짝 쪄서 처음 먹어본 날, 나는 초당 옥수수와 사랑에 빠졌다. 톡톡 아삭하게 씹히는 식감, 달콤한 즙, 가벼운 포만감, 간단한 조리법마저도 모두 내 스타일. 딱 초여름 한 달

정도 짧게 수확되는 작물이라 이 시기에 먹지 못하면 1년을 기다려야 하니 초당 옥수수 철이 오면 마음이 급해진다.

'해마다 돌아오는 여름 같겠지만, 내 생이 아흔 살에 끝난다 치면 여름의 초당 옥수수는 이제 55번밖에 못 먹는 거야. 이러니 소중해, 안 소중해?'

매해 그런 마음으로 꼬박꼬박 초당 옥수수를 챙겨 먹는다.

매년 여름이면 산지인 전남 화순에서 주문해 먹고 있는 경봉 복숭아는 6월 초부터 예약하지 않으면 사 먹고 싶어도 못 먹을 만큼 인기가 많다.

이번에도 어김없이 6월 땡 시작하자마자 예약하려고 연락을 드렸더니, 올해는 봄에 냉해를 입어서 판매를 못 한단다. 제철 음식은 그때만 먹을 수 있기 때문에 반갑고 더 맛있게 느껴지기도 하지만, 그래서 한편으로는 슬픈 일도 생긴다.

제철 과일과 채소는 자연이 내어주는 것이기 때문에 겨울에 눈이 너무 많이 와서, 봄에 너무 추워서, 여름에 비가 많이 와서 제맛을 못 품을 때도 많고, 수확량이 적거나 아예 판매가 불가해지는 상황도 온다. 내가 가장 좋아하는 농장에서 자란 경봉 복숭아가 없는 올여름은 어쩐지 많이 슬플 것 같다. 하지만 올여름 복숭아 농사를 모두 접어야 하는 농부님 마음만 할까. 내년에는 두 배로 많이 사 먹어야겠다고 다짐하며 다음을 기약한다.

모든 것을 한정된 자원 안으로 끌어들인다면 그 의미가 더욱 소중해진다. 그게 내 목숨이든, 돈이든, 에너지든, 소중한 친구와의 관계든, 물건이든, 제철 과일이든. 그래서 언제나 기한을 두고 생각하는 습관을 갖는다. 그 소중함을 의도적으로라도 잊지 않기 위함이다.

소비 없는 휴식

세계 여행을 다니던 시절, 영국의 런던과 뉴질랜드의 남섬에서 한 달씩 머무른 적이 있다. 두 국가 모두 물가가 비싸다는 평이 자자했지만, 정작 지내면서 부족함을 느껴본 적이 한 번도 없었다. 장기 여행이다보니 체류비를 아끼고자 비싼 값에 외식하기보다는 비교적 부담 없는 식재료를 사다가 숙소나 캠핑카에서 요리해 먹는 경우가 많았고, 돈이 드는 문화생활은 거의 하지 않았기 때문이다. 그럼에도 단 한 번도 돈이 없어서 궁상맞게 여행한다는 느낌을 받은 적이 없었다.

반면 상대적으로 물가가 저렴한 태국 방콕에서 머물 때는, 내가 지금보다 돈이 좀 더 많으면 좋겠다는 마음이 종종 들었다. 거리낌 없이 외식하고 마사지를 받으러 다니며 끊임없이 돈을 썼음에도 가끔 여행에서 아쉬운 점이 생겼다. 내가 가진 것을 남의 것과 비교하는 마음이 슬며시 고개를 들어 괴로운 날도 있었다.

그땐 몰랐지만, 지금 돌이켜 생각해보면 방콕에서 나는 돈을 써야지만 누릴 수 있는 장소에서 받는 피로감을 느꼈던 것 같다. 방콕은 숙소 밖을 나선 순간, 돈을 쓰지 않으면 누릴 수 있는 것들이 지극히 한정적인 곳이었다. 후덥지근한 날씨를 차치하고서라도 매캐한 매연과 꽉 막힌 교통 체증, 밀도 높은 사람들을 피해 무료로 시간을 보낼 만한 공원이나 공공시설이 터무니없이 부족했다. 잠시 숨을 돌리며 편안한 시간을 보내기 위해서는 하다못해 카페에서 쓸 커피 값이라도 필요했다. 소비는 소비를 부른다. 소비해야지만 시간을 보낼 수 있는 생활이라면, 소비에 젖어들 수밖에 없다.

런던은 방콕만큼이나 대도시지만 무료로 누릴 수 있는 장소가 무궁무진했다. 코너를 돌면 있는 것이 누구나 머물 수 있는 공원이고, 무료 박물관과 미술관이었기에 잠시 앉아 있고 싶다는 이유로 카페의 커피 값을 지불하지 않아도 되었다. 방콕과 다르게 공짜 공원 벤치라는 또 다른 선택지가 존재했던 것이다.

뉴질랜드에서는 원 없이 자연을 누렸다. 자연은 언제나 공짜다. 자연 속에서는 그 누구도 돈이 필요하지 않고, 아무도 소비하지 않으니, 가벼운 주머니를 가진 나 역시도 마음 졸이지 않고 여행할 수 있었다.

이따금 자연이 지겨워질 때쯤엔 방목하며 키우는 양, 소, 말, 사슴 등을 구경했고, 바다 곁에서 야생 펭귄과 물개를 바라보았다. 동물 구경도 시시해지면 한국에선 돈 주고 타야 될 듯한 놀이기구가 가득한 공짜 놀이터에서 동심으로 돌아가 놀았다. 무료로 누릴 수 있는 것들이 무궁무진했던 뉴질랜드에서 캠핑카 여행자로서 돈 쓸 데라고는 식자재 쇼핑과 기름 값이 전부였다. 뉴질랜드가 아닌 곳이었어도 생활을 위해 반드시 써야 하는 필요 소비재만 지출한 셈이었다. 그럼에도 그 어느 여행보다도 풍요로웠고, 나는 늘 풍족하다고 느꼈다.

소비하지 않는 풍족함을 찾기 위해 요즘 내가 휴일을 보내는 방식은 캠핑이다. 국가에서 관리하는 국립공원에 조성된 자연휴양림은 사설 캠핑장에 비해 요금이 저렴하면서도 최소한으로 관리하며 가꾼 자연 속에서 하룻밤을 보낼 수 있다.

자연휴양림에 따라 다르지만, 보통은 와이파이가 없고 전기와 온수 사용이 안 되는 곳이 많다. 화재를 예방하기 위해 번개탄이나 장작으로 불 피우는 것도 대부분 금지라, 캠핑의 꽃이라고 불리는 바비큐와 불멍을 즐길 수도 없다. 캠핑 데크가 산 중턱에 있는 경우도 많아 캠핑 장비를 모두 짊어지고 가파른 돌길을 올라야 한다. 그럼에도 내가 자연휴양림을 좋아하는 이유는 무언가를 소비하지 않아도 되는 휴식이 있기 때문이다.

단돈 몇천 원에서 1~2만 원 정도의 휴양림 이용료를 지불하고 휴가를 아주 근사하게 보내고 나면, 큰돈을 쓰지 않아도 멋진 시간을 보낼 수 있다는 것, 시간을 보낼 때 꼭 돈을 쓰며 목적이 있는 행위를 해야 하는 건 아니라는 사실을 알게 된다. 세상에는 공짜로 누릴 수 있는 즐거움도 많다. 나에게 주어진 휴일에 아무것도 하지 않아도 괜찮다.

나에게는 자연휴양림에서 보내는 휴일이야말로 진정한 휴식이다. 와이파이가 없으니 핸드폰을 볼 필요가 없고, 온수가 나오지 않으니 기름기나 양념이 많은 음식은 절로 피하게 되어 먹을거리가 단순해진다. 주차장과 데크가 떨어져 있어 내가 직접 짐을 들고 날라야 하니 짐은 최대한 간소하게 꾸린다.

형광등 불빛도 없고 전기가 흐르지 않는 산속에서 할 게 없어

심심한 나머지 일찌감치 잠자리에 들게 되고, 자연스레 동틀 무렵 개운하게 눈이 떠진다. 블루투스 스피커를 통해 나오는 라디오나 음악 소리 대신에 텐트 옆자리 나무에 자리 잡은 딱따구리의 나무 쪼는 소리나 이름 모를 다양한 새들의 노랫소리를 들으며, 투박하지만 따뜻한 모닝커피를 마실 때, 더 이상 바랄 게 없는 꽉 찬 충족감이 몰려온다.

단순하게 집을 짓고 단순하게 밥을 먹고 단순하게 시간을 보내는 자연스러운 몸과 마음의 휴식.

여름이면 근처 계곡에서 공짜 물놀이를 마음껏 할 수 있고, 가을에는 오색 단풍으로 물든 산길을 아무도 없는 새벽에 오롯이 즐길 수도 있다. 녹음이 짙어지는 5월의 잣나무 숲에서의 캠핑도, 숲속에서 저 멀리 저무는 일몰을 바라보던 순간도 잊을 수 없다.

모두 자연이 공짜로 선물해준 공간과 시간이었다. 그 대가로 내가 하는 거라고는 조용히 자연 속으로 들어와 잠시 교감하고, 마치 내가 머물지 않았던 것처럼 깨끗하게 정리하고 조용히 떠나는 것뿐.

식당이나 카페에서 자릿값 포함인 양 값비싼 식사나 디저트를 먹을 필요도 없고, 갖고 싶지도 않았는데 구경하다 혹해서 필요치 않은 물건을 충동구매해 후회하는 일도 없다. 모두가 SNS에

인증샷을 올리는 핫플레이스에서 나도 왠지 카메라 셔터를 눌러야 할 것만 같은 조급함에서도 해방! 이제는 돈, 에너지, 마음, 그 어느 것도 과하게 소비하지 않아도 괜찮은 휴일을 보내고 있다.

산딸기를 따 먹다보니

지금 가면 산딸기를 실컷 따 먹을 수 있다는 말에 시부모님을 따라나섰다. 시부모님이 일주일에 두세 번은 오른다는 동네 뒷산에는 산딸기가 지천에 널려 있었다.

지난주 동네 마트에서 보았던 산딸기는 200그램에 1만 원이었다. 양에 비해 비싼 것 같아서 주저하며 사지 않았던 산딸기가 이곳에는 사방에 있으니 나는 기어코 눈이 돌아가고 말았다.

"물에 안 씻었는데 그냥 먹어요?"

"그냥 먹어도 돼. 씻어 먹으면 맛없어. 따서 바로 입에 넣어."

흙먼지 생각일랑 던져두고서 눈 질끈 감고 어머님의 시범 아래 열심히 산딸기를 따 먹었다. 남편이 따주는 것도 먹고, 어머님이 따주는 것도 먹고, 아버님이 따주는 것도 내가 다 먹었다. 산딸기 따느라 자꾸만 뒤처지는, 도시에서 온 며느리 때문에 등산은 어느새 뒷전이 되어버렸다.

핀란드 사람들은 여름이 되면 동네 숲으로 달려가 야생 베리를 채집한다는 이야기를 책에서 읽은 적이 있다. 타인의 사유지라 할지라도 누구나 어느 숲에서든 베리를 채집할 수 있다고. 그 관대함이 어디에서 오는 걸까 궁금했는데, 워낙 깊은 숲속까지 방대한 양의 베리가 자라기 때문에 아무리 많은 사람들이 채집한다 하더라도 그 양이 전체 야생 베리의 절반에도 미치지 못한다고 한다.

여름날 삼삼오오 모여 장화를 신고 베리를 담을 통이나 주머니를 들고서 숲속을 향해 저벅저벅 들어가는 모습은 상상만 해도 싱그럽고 건강하다. 그렇게 야생에서 채집한 베리를 요거트에도 넣어 먹고, 파이로도 구워 먹는단다. 여름 내내 틈틈이 채집하고 냉동해서 해가 짧은 겨울 동안 꺼내 먹는다고 했다. 그다음 여름이 오기 전까지. 그런 삶이라면, 무더운 여름도 마냥 기다려지지 않을까.

야생의 베리는 북유럽 사람들만 따 먹을 수 있는 줄 알았더니, 드디어 나도 오늘 야생 산딸기를 채취해서 먹어본 사람이 됐다. 아무도 모르게 써둔 '야생 베리 먹어보기' 버킷리스트에 밑줄을 그었다. 시부모님 뒤를 졸졸 따라다니며 뽕나무에서 자라는 오디도 따 먹고, 벚나무에서 자라는 버찌도 따 먹다보니 어느새 손이 검붉게 물들었다. 야생에서 자란 과일은 마트에서 파는 비싸고 향기로운 과일과 다르게 소박하고 귀여운 단맛이 났다. 근사한 여름날이었다.

시댁은 밤에 불을 끄고 누우면 풀벌레 소리만 방 안 가득 울려 퍼지는 시골에 있다. 대형 마트와 영화관, 그럴싸한 식당은 당연히 없고 한 시간에 한 번씩 작은 마을버스가 온다. 창문을 열면 고층 아파트 대신 산등성이 뒤로 기우는 일몰을 눈에 담을 수 있고, 대문을 나서서 힘차게 길을 걷노라면 논과 밭이 펼쳐진다.

눈에 보기 좋다든가 관리하기 쉽다든가 하는 이유로 시에서 관리하는 천편일률적인 가로수 대신, 개복숭아나무, 돌배나무, 석류나무, 은행나무, 살구나무, 매실나무 등 다양한 나무들이 조화롭게 어우러져 자란다. 누구의 밭도 아닌 마을 공용의 땅에는 쑥, 냉이, 달래, 돌나물 등이 아무렇게나 자라서 니 거 내 거 하지 않고 누구든 원하는 사람이 채취해서 먹는다.

이웃이 농사짓는 밭에 작물이 넘치게 많으면 동네 사람들끼리 서로 전화를 걸어 '알아서 원하는 만큼 수확해 가라'고 당부한다.

"사실 시골에서 살면 배 곪을 일은 없어. 도시 사람들 입맛에 안 맞아서 그렇지."

시골 며느리 7년 차, 어머님의 그 말씀이 참말이라는 사실을 이제는 알게 되었다.

어디에 시선을 두어도, 어느 방향으로 걸어도, 소음이나 큰 자극이 없는 시골에서는 언제나 마음이 편안하다. 진정으로 쉬는 느낌이 든다. 비교할 사람도, 비교할 집도 없다. 가만히 창 너머 논밭에서 오리들이 올챙이를 잡아먹다가 볕 쬐며 털 말리는 모습을 보고 있으면, 나도 너무 동동거리면서 사는 대신 평화롭게 살고 싶어진다. 먹는 것만 해결되면 조금 더 느긋하게 살아도 되리라. 지금 행복해야 미래에도 행복할 수 있으리라.

이렇게 자연을 오랜 시간 마주하고 있으면, 우리 할머니 집이 떠오른다. 밤에는 아궁이에 불을 지피고 낮에는 뒤뜰에 있는 우물에서 물을 길어 먹는 야트막한 언덕 위의 흙집이었다. 겨울에는 방 안에 메주 냄새가 진동하고, 여름에는 날마다 벌레 파티가 이어지던 집. 바닥이 뻥 뚫린 재래식 화장실도, 끝이 보이지 않는 이끼 낀 우물도 무서웠지만, 따분할 만큼 느린 템포로 흘러가던 시간은 어린 시절의 아련한 추억 중 하나로 남아 있다.

할머니의 뒷산에도 산딸기와 밤나무가 있었다. 여름이면 오디를 따 먹고 버찌를 따 먹다가 옷을 다 버리기 일쑤였다. 마당에 있는 커다란 감나무 아래에 떨어진 홍시를 잔뜩 주워 먹은 동생이 변비에 걸려 혼쭐이 나기도 했고, 가을이면 양은 냄비를 머리에 얹고 할머니의 진두지휘 아래 사촌 오빠들과 밤을 주우러 다니기도 했다. 한겨울에 할머니가 구워주는 난로 위의 떡은 별미였다. 돌이켜보니 이미 이룬 버킷리스트와 지금 떠올려도 웃음이 날 만큼 큰 기쁨을 주었던 집.

그리운 할머니의 흙집은 이제 없다. 몇 년 전 신도시 개발로 허물어졌고 그 자리에는 아파트가 들어섰다. 이제 할머니는 언덕 위의 흙집과는 비교도 안 될 만큼 높은 아파트에 살고 계신다. 우물가도, 커다란 밤나무도, 할머니의 바둑이와 흰둥이도 없는 아파트에 사는 할머니에게 남은 유일한 낙은 노인정이다.

시댁에서 멍하니 논밭을 휘젓고 다니는 청둥오리 두 마리를 보면서 할머니의 집을 떠올리다가 문득 궁금해졌다. 온통 아스팔트가 깔리고 높은 아파트가 들어서며 사라져버린 판교 운중동 할머니의 뒷산에 살던 야생 동물들은 다 어디로 갔을까. 산딸기를 따 먹다가 궁금해졌다. 할머니는 지금 행복하실까.

꽃을 따야, 열매가 열린다

언제나 새로운 작물을 키우는 도전은 새로운 배움을 가져다 준다.

드디어 감자에 도전했다. 처음 감자를 심기로 결정하고 씨감자를 구할 때부터 난관을 맞닥뜨리더니, 키우는 내내 감자 밭을 마주할 때마다 내 머릿속엔 늘 물음표가 가득했다. 책이나 농사 전문 유튜브를 보면서 키우면 더 수월하겠지만, 나는 작물들을 일단 내버려두는 편이다. 대단한 철학이나 생각이 있어서 그러는 건 아니다. 전문가의 조언을 전부 따르려다보니, 때를 놓치거나 환경이 맞지 않아 하라는 대로 하지 못하면 꼭 정답이 있는 시험을 망쳐버린 기분이 들었기 때문이다.

우리 부부 두 사람분의 먹을거리를 키우는 작은 채소밭을 가꾸면서도 꼭 정석(정석이라는 게 있기는 한 걸까 싶고)대로 해야 하나 의문이 들기도 했다. 몇 년째 이런 마인드로 농사를 지어도 늘 먹고 남을 만큼의 충분한 작물을 수확해왔다. 그러니 이대로도 괜찮겠다는 마음으로 여전히 어설픈 농사를 벗어나지 못하고 있는 것이다.

감자를 심고 두 달쯤 지나니 감자밭은 나날이 울창해지고 꽃대가 생기며 새하얗고 귀여운 꽃이 피기 시작했다. 우아한 맵시의 보라색 가지꽃도 예쁘고, 어린아이의 함박웃음처럼 맑고 노오란 호박꽃도 참 예쁘지만, 내 취향은 단연코 새하얀 감자꽃이다. 앙증맞은 크기의 감자꽃은 여리여리한 소녀처럼 지켜주고 싶은 매력이 있다.

텃밭에 가면 제일 먼저 감자꽃부터 확인했다. 오늘 한 송이 더 피었구나, 두 송이 더 피었네 중얼거리면서 가만히 들여다보기도 하고 사진을 찍으면서 감자꽃과 시간을 보냈다.

주말 농장에서 우리 밭을 제외한 대부분의 감자밭에서는 좀처럼 감자꽃이 보이지 않았는데, 다년간의 텃밭 경험으로 미루어 보아, 분명 감자를 실하게 키우기 위해서는 감자꽃을 따줘야 하는 것 같았다. '이렇게 작고 연약한 꽃을 어떻게 따지?' 블로그에 텃밭 일기를 기록하며 이 마음을 함께 적었다. 그리고 달린 어느 댓글을 읽고 이제는 감자꽃을 따야 하는 시기가 왔구나 싶었다.

"사과 농사 짓는 분들이 그러시더라고요. 나무에 꽃이 다글다글하면 딸 생각에 징글징글하대요. 꽃을 그대로 두면 안 된대요. 꽃이 죽어야 나무가 살아서. 지금 아까운 걸 견뎌야, 더 아까운 일이 안 생긴대요. 굵은 열매가 잘 달리고 건강하게 자라야 되니까요."

매년 농사를 지으면서 제일 힘든 일은 순지르기와 가지치기다. 주로 토마토와 오이, 호박 등을 재배할 때 많이 하는데, 나와 남편은 제대로 해내지 못할 때가 많았다.

남들이 들으면 코웃음을 칠지도 모르겠지만, 생생하게 살아 있는 것을 잘라버리는 게 미안해서 그렇다. 이미 너무 많이 커버려서 굵기가 통통해진 줄기와 가지를 자를 때는 아깝기도 하고 참 난처하다. 그래서 방울토마토 가지는 모르는 체 넘어갔다가 빼곡한 밀림 숲처럼 만들어버리기도 하고, 열매는 용두사미로 아주 작고 소소하게 수확하는 경험을 했다. 조금씩 나아지고 있으나 여전히 가지치기는 어렵다. 큰마음 먹고 가지치기를 하다가 본줄기까지 싹둑 잘라버리는 경험을 매년 한 번씩은 꼭 치르고 있다.

이렇게 곁가지를 자르는 것도 아깝고 힘든데, 내 밭에서 싹을 틔운 꽃을 어떻게 딴단 말인가. 그 마음으로 여태껏 감자꽃을 가꾸며 지켜왔지만, 이제 정말 때가 온 것 같다. 지금 아까운 걸 견뎌야 더 아까운 일이 안 생기니까.

큰마음 먹고 농장에 가는 길에 남편에게 이제 감자꽃을 따야 할 시기인 것 같다고, 그래야 여름에 감자가 실하게 자란다고 전했다. 그랬더니 뜻밖의 답이 돌아왔다. 남편이 이미 본인이 농장 갈 때마다 감자꽃을 따주고 있다는 것.

나는 놀라 부정했다. 매일 농장에 가면 제일 먼저 감자밭에 가서 꽃을 구경하는데 그럴 리가 없었다. 그리고 남편 왈, "꽃구경 다 끝난 것 같아 보이면 그때 내가 가서 다 따줬어. 여보는 여보의 낭만을 지켜, 나는 농부라서 꽃 따야 돼. 감자를 지켜야 되거든."

주말이 지나면 장마가 시작된다는 일기예보를 뒤늦게 접하고서 부랴부랴 남편과 감자밭으로 달려갔다. 해 질 무렵이었음에도 여전히 볕은 뜨겁고 습해서 땀이 비 오듯 흘렀다.

감자를 캤다. 밭이 그리 크지 않으니 만만하게 생각해서 살랑

살랑 가볍게 일하려다가 혼쭐났다. 오랜만에 온몸이 흠뻑 젖을 정도로 제대로 노동했다. 감자 줄기를 모조리 뽑아내고서, 쭈그려 앉아 흙을 손으로 살살 파기만 해도 감자들이 빼꼼히 모습을 드러냈다. 귀여워서 웃음이 실실 나왔다.

감자는 실하게 잘 자라주었다. 욕심 없이 키웠는데, 예상 밖의 풍년이라 주변 이들과 넉넉히 나눠 먹을 수 있을 듯했다. 수확을 마치고 집으로 돌아가는 길, 남편에게 감자밭과 함께 사진을 찍어달라고 부탁했다.

"이 순간을 기억하고 싶어서 그래."

감자를 처음 심은 봄. 감자꽃을 처음 본 여름. 감자를 처음 캐본 하루. 그렇게 나에게 새로운 경험이 또 하나 심어졌다.

햇감자로 만드는 감자전과 감자 볶음은 얼마나 맛있을까. 얇게 채 썰어 올리브유 두르고 소금 간 해서 구워 먹는 웨지 감자도 기대되고, 감자 샐러드를 만들어 샌드위치 빵 사이에 끼워 먹어도 맛있겠다. 겨울에는 뜨끈한 감잣국과 감자 스프를 끓여 먹는 상상도 해보았다.

막상 감자를 수확하고 나니 제일 많이 먹는 것은 포슬포슬 찐

감자다. 아무것도 하지 않고 그저 솥에 물 넣고 찌기만 해도 충분히 맛있으니 무언가 더하려는 생각이 들지 않는다. 주먹 크기의 감자부터, 내 엄지손톱 크기도 안 되는 아주 작은 감자까지. 한 알 한 알 모두 다 내게는 소중한 감자였다.

먹는 매 순간이 감동이었다. 감자 한 알을 먹는다는 것은 봄부터 가을까지 흘러온 계절을 먹는 것과 같으니까. 씨감자를 구하지 못해 난처하던 3월. 다른 밭은 이미 줄기도 다 나왔는데 우리 감자밭은 싹조차 트지 않아 발을 동동 구르던 4월. 줄기가 생겼다며 손뼉 치며 좋아하던 순간. 갈 때마다 숲처럼 울창해져서 어떻게 해줘야 하나 고민하던 5월. 차마 가지치기를 못 하고 남의 밭에 넘어가지만 말라며 울타리를 설치해주던 6월. 자를까 말까 고민하다가 꽃을 자르던 그날까지.

유난히 가물던 날씨부터 매일같이 쏟아지던 비, 산들바람과 따사로운 햇살까지…… 자연의 순리대로 계절과 농부의 노력과 애정을 먹고 자란 감자 한 알을 먹는다는 건, 그 숱한 시간을 음미하는 것과 같았다.

나만의 리틀 포레스트에 산다

초판 1쇄 발행 2024년 4월 5일

지은이 이혜림
펴낸이 최지연
책임편집 김민채
마케팅 김나영, 김경민, 윤여준
경영지원 이선
디자인 수오
표지그림 파트오엘(@part.o.l)

펴낸곳 라곰
출판신고 2018년 7월 11일 제 2018-000068호
주소 서울시 마포구 큰우물로 75 성지빌딩 1406호
전화 02-6949-6014 **팩스** 02-6919-9058
이메일 book@lagombook.co.kr

ISBN 979-11-93939-00-0 03810

• 라곰은 (주)타인의취향의 출판 브랜드입니다.
• 책값은 뒤표지에 있습니다.
• 잘못된 책은 구입하신 곳에서 바꾸어 드립니다.